VIVAVOCE

Nadia Toffa

FIORIRE D'INVERNO

La mia storia

MONDADORI

librimondadori.it
anobii.com

Fiorire d'inverno
di Nadia Toffa
Collezione Vivavoce

ISBN 978-88-04-70516-1

I edizione settembre 2018

Anno 2018 - Ristampa 2 3 4 5 6 7

Indice

Prefazione

«Lo, ho trovato il titolo.»
«Brava Na, qual è?»
«*Fiorire d'inverno*. Ti piace?»
«Sì, mi piace. Molto tuo. Sembra un calicanto.»

Chiedo a Google, e scopro che il *Chimonanthus* è originario dell'Asia. E già va bene, per una il cui cibo preferito è il sashimi.

Sempre su Google scopro che il nome viene dal greco, significa proprio "fiore d'inverno". E va ancora bene, perché la nostra Nadia ha studiato sia greco che latino.

La cosa che mi piace del calicanto è la contraddizione. Ha dei fiori piccolissimi, poco appariscenti, e chi conosce un po' Nadia sa che non ama vestirsi in modo vistoso, non le piace il mondo frivolo della moda e gli abiti griffati. (Certo, nell'immaginario collettivo è nota come "Iena", sempre vestita da uomo, combinazione questa molto efficace e vincente nel tempo delle supereroine e della rivalutazione del ruolo femminile in tutti i campi. SuperPippo, addio.)

Ma questi fiori, basta avvicinarsi un po', neanche tanto, sono profumatissimi. Anche solo passandoci vicino, a un calicanto, si viene avvolti dalla sua fragranza. Un misto olfattivo di macedonia e vaniglia, di nocciolo selvatico e di pesca, di ambra e di tramonti. Ecco, ti avvicini a Nadia e senti il profumo di qualcosa. Come di pane appena caldo, come di lenzuola appena lavate. Non la noti, quando la vedi. La assapori appena ti avvicini.

I suoi sorrisi stanno alla conversazione come il profumo del calicanto sta alla freddezza dell'inverno. Merce rara, direi.

Dunque, Nadia Toffa è un calicanto. Cioè una contraddizione. Fiorisce quando gli altri stanno ancora morendo dal freddo. Perché è sempre in anticipo. No, non puntuale, ma sempre in anticipo. Cioè arriva prima.

Nel libro leggerete che da bambina correva sempre. Correva tantissimo. Correva per fare qualsiasi cosa. Lei non lo sapeva, ma per essere come il calicanto devi arrivare prima. Mentre gli altri dormono ancora. Una contraddizione bellissima, va detto.

La più piccola delle tre sorelle, ma quella che dà i consigli più saggi alle altre due.

La più saggia, sembrerebbe, ma allo stesso tempo la più matta.

La più socievole, ma alla fine la più single di tutte. Anche di tutte le sue amiche.

I suoi amori non sono mai stati pubblici, i suoi fidanzati mai esibiti. Ne parla come di amori sempre presenti, mai dimenticati. Perché per lei l'amore è un sassolino che si getta nello stagno e produce molti cerchi concentrici, e tutti noi pensiamo che il più grande di questi sia il cerchio dell'amore.

No, per Nadia il cerchio più grande è quello dell'amicizia, che comprende il cerchio dell'amore. Che è immediatamente vicino.

Un'altra cosa su questo libro che avete appena comprato e che state iniziando a leggere. Avete fatto bene, si beve tutto d'un fiato, come un latte di mandorla d'estate.

E se questo libro potesse avere una forma sarebbe quella di una stella. Una stella a cinque punte. E ogni punta brilla di una caratteristica tutta sua.

La prima è l'energia. Tutto quello che la accompagna è energia. Il corpo stesso è una forma energetica condensata, anche se apparentemente densa. Energia che diventa determinazione, lotta, vittoria, tutto.

La seconda punta è l'entusiasmo. Tutto quello che leggete sono avventure o disavventure. Vissute con lacrime di gioia o di amarezza, ma sempre lacrime salate. Ché il sale è magico, trovandosi solo nelle lacrime e nel mare. Entusiasmo per le cose da fare, per le cose fatte, per i racconti surreali, per il cibo mentre lo stai mangiando, per la musica mentre la stai ascoltando, per le inchieste mentre le stai registrando. Entusiasmo che porta energia, esattamente come l'energia porta entusiasmo. Un cerchio perfetto.

La terza punta della stella è l'istante, l'attimo, il frammento.

Carpe diem, è scritto all'inizio di questo libro, nella citazione riportata per intero, per farci scoprire che dovremmo confidare il meno possibile nel domani. "Mentre si parla, il tempo è già in fuga, come se ci odiasse. Così cogli la giornata, non credere al domani." Ecco, la Toffa parla sempre di grandi progetti e di grandi visioni. Mentre la piccola Na parla di piccoli frammenti, di veloci brividi, di fuggevoli istanti. Ché i secondi diventano più importanti degli anni, se vissuti così.

La quarta punta è la felicità. Molti di noi pensano che il conto in banca dei sorrisi si autoalimenti. Non funziona così. Ogni giorno abbiamo un'opportunità di piangere o di ridere. Di criticare o di essere grati. Di essere nervosi o di essere gioiosi. Ecco, Nadia ha scelto la via del sorriso. La strada che trasforma la salita in discesa, il dramma in comica, la crisi in opportunità. La sua risata è sempre fragorosa, ride come parla, cioè sempre ad alta voce. Impossibile non sentirla, impossibile non esserne contagiati.

La quinta è la sincerità. Parla sempre senza secondi fini, parla sempre guardandoti negli occhi, parla sempre senza filtri, sempre mettendosi in gioco. Non pensa mai alle conseguenze di quello che fa e di quello che dice. Perché la sincerità paga sempre. Perché non ha memoria per dire le bugie. Incarna perfettamente la frase di un maestro indiano che diceva: "Meglio la coscienza a posto che l'approvazione degli altri". Una meraviglia, una rarità, una poesia.

Queste cose le ho pensate subito dopo aver letto il libro, che è un inno al non mollare mai, alle ricerca della gioia, alla bellezza della vita. Se non siete in sintonia con questi obiettivi, richiudetelo pure adesso. E regalatelo a chi ha fame di vita. Come la grande Toffa. Come la piccola Na.

Lorenzo Marini

Fiorire d'inverno

Dum loquimur, fugerit invida aetas: carpe diem, quam minimum credula postero.

Mentre parliamo, il tempo invidioso sarà fuggito: cogli l'attimo e confida il meno possibile nel domani.

ORAZIO, *Odi*, I, 11,8

1

Saltare da un treno in corsa

Immagina di viaggiare per anni su un treno che è lanciato a trecento all'ora e va dritto a destinazione senza fermate intermedie. Il paesaggio fuori dal finestrino si riduce a una scia indefinita in cui è impossibile distinguere contorni, colori, dettagli. Il corpo è una freccia che sfida la gravità e funziona come una macchina perfetta, preparata a ignorare ogni eventuale segnale d'allarme, polverizzare all'istante qualsiasi ostacolo per rispettare la tabella di marcia e arrivare puntuale a destinazione.

Sono stata scaraventata in corsa, dal mio personale Frecciarossa, a Trieste, una luminosa mattina di inizio dicembre.

Ero in una stanza d'albergo ad aspettare che arrivasse l'una, l'ora in cui sarebbe partito il treno per Milano. Ero soddisfatta, insieme a Gabriele, l'autore che mi accompagnava, ero riuscita a chiudere il servizio. Le chiuse sono la parte più difficile del mio lavoro, sono il momento in cui torno dal "cattivo" e lo metto alle strette, lo costringo a fare i conti con quello che ha combinato. Poi nel servizio finito sembra tutto facile, è il nostro mestiere farlo sembrare facile. La chiusa scorre via veloce anticipata da un *voice over* che dice: "E dopo tre giorni di appostamento", e di certo nessuno si immagina che cosa voglia dire restare in appostamento. Invece io, quando guardo un servizio, riconosco la fatica che c'è dietro. In alcuni pezzi di Filippo Roma, per esempio, ci sono sei chiuse, sei persone a cui va a chiedere ragione di quello che hanno fatto. Magari sono personaggi politici e questo significa aspettare un evento pubblico al quale dovrebbero partecipare, aggirare la scorta, essere lucidi e pronti a dire le cose giuste in mezzo alla confusione. Magari poi all'appuntamento per un contrattempo o un cambio di programma quello non si presenta. E allora ricominci da capo.

Sei chiuse sono sei posti diversi, sei orari diversi, sei appostamenti, sempre in due, tu e l'autore. Non c'è nessuna troupe, non ci sono tecnici audio o video. Io mi metto il microfono da sola, mi trucco e mi pettino da sola, quando ho il tempo di farlo.

Quella volta a Trieste eravamo riusciti a beccare un sindacalista che da mesi non versava lo stipendio ai suoi dipendenti. Mi aspettava il montaggio finale e poi la conduzione della domenica sera, che mi dà sempre una bella adrenalina. Era sabato e forse sarei riuscita anche ad andare a cena con un'amica in un ristorantino asiatico appena aperto, adoro il pad thai.

Ho chiamato Davide, il mio capo, per aggiornarlo sui contenuti che avevo raccolto.

«Toffa, stai bene?»

«Sì, perché?»

«Sei strana.»

Ero stanca, ed è una cosa fuori dall'ordinario per me, di solito riesco sempre a mantenere una buona dose di energie, anche nelle situazioni più estreme, e di sicuro nel servizio di Trieste non c'era stato niente di estremo. Di lì a poco sarebbe finita la stagione invernale del programma, avevo davanti a me la prospettiva di passare Natale e Capodanno in un posto caldo, a ricaricare le pile.

«No, tutto bene, perché?»

«Sei rallentata.»

Ero stanca sì, ma non rallentata, su questo non avevo dubbi.

«Oppure c'è qualcuno in camera con te...»

«Ma figurati!»

Abbiamo riso e poi ci siamo salutati. Ho cominciato a preparare la valigia, ma ogni movimento mi costava fatica, così mi sono sdraiata. Il tempo di dirmi "Solo un secondo" e sono crollata. Ho pensato a quanto fosse strano per me dormire alle undici di mattina, mi sono alzata in piedi e ho deciso di anticipare la partenza, non aveva nessun senso riposarmi in albergo e perdere tempo prezioso che avrei potuto usare per portarmi avanti con il lavoro. Soprattutto, mi aveva preso una voglia irresistibile di tornare a casa.

Una volta nella hall ho pagato e ho chiesto un taxi.

«È fuori che l'aspetta. Le faccio portare la valigia?»

«Non ce n'è bisogno.»

«Faccia attenzione, il pavimento è stato appena lavato.»

Mi sono voltata e ho visto il segnale piramidale giallo in un angolo accanto all'uscita. "Potevano metterlo più in vista, così qualcuno rischia di spaccarsi l'osso del collo" ho pensato e mi sono avviata. Prima di raggiungere le porte scorrevoli, sono tornata indietro.

«Scusi, stavo andando via senza pagare.»

E ho tirato fuori il portafogli. Il receptionist mi ha

guardato senza capire, gli ho allungato la carta di credito sopra il bancone.

«Mi fa una fattura per favore? E mi chiami anche un taxi.»

«Guardi che ha appena pagato.»

«Si sbaglia.»

Era in imbarazzo, non voleva contraddirmi. Allora ho controllato nel portafogli e ci ho trovato la fattura già emessa per le ultime due notti. L'ho guardato, mi sentivo disorientata e anche stupida. Io sono un killer, ho una memoria e un'attenzione fuori dal comune, è difficile che qualcosa mi sfugga. Come potevo aver dimenticato di aver già pagato? Ero davvero così cotta?

«Capita, quando si è sovrappensiero.» Ha cercato di rassicurarmi con un sorriso. «Il taxi è fuori che l'aspetta.»

Ho girato i tacchi e mi sono diretta verso la porta di uscita.

Poi ricordo solo un grande tonfo, il pavimento freddo contro la mia faccia, l'odore acre della candeggina. Tutto in un attimo.

2
La Nanetta

Da piccola ero bassissima, solo intorno ai 16 anni sono cresciuta in altezza, ho preso quindici centimetri in un anno e hanno cominciato a farmi male le ginocchia. Il dottore ha detto a mia madre: «Le fanno male perché si è alzata tutta d'un colpo! Vedrà che tutto si sistema».

E infatti dopo qualche mese il dolore è sparito.

Da sempre in famiglia mi chiamavano la Nanetta e il nomignolo mi è rimasto attaccato.

Ero bassissima, e pazza.

A 4 anni mi hanno messo sugli sci e ho imparato a scendere a spazzaneve, da sola, senza che nessuno me lo insegnasse.

Un inverno eravamo sullo skilift, mia sorella davanti e io dietro. La risalita era ripida, mi guardavo alle spalle e vedevo le persone rimpicciolirsi sotto di me. A furia di voltarmi, ho sentito il piattello sfuggirmi dalle gambe. In un attimo volava in alto senza che potessi afferrarlo o agganciarmi.

Eravamo a metà del percorso.

Mia sorella ha sgranato gli occhi e mi ha gridato: «Vai giù che te lo ridanno!».

Ma intendeva dalla parte della pista, io invece ho stretto le bacchette e mi sono buttata a testa bassa lungo i piloni dello skilift.

Scendevo e schivavo tutti, uno dopo l'altro, le persone mollavano la presa e cercavano di placcarmi, mentre mi urlavano di fermarmi.

Non avevo paura, ero completamente concentrata nello sforzo di evitarli e piena di eccitazione, non sentivo nient'altro se non l'aria gelida sulla faccia e un'incredibile potenza in tutto il corpo.

Quando sono arrivata in fondo, ho visto lo sguardo di mia madre. Era immobile. Dallo spavento non è riuscita a dirmi niente.

Mi ha preso per mano e siamo andate nel rifugio, voleva assicurarsi che fossi ancora tutta intera. Io mi sentivo benissimo.

Non sono più riuscita a scordarmi quella discesa spericolata, tutta la gente intorno che urlava, il mio corpo affilato e preciso, l'eccitazione che mi dava una specie di superpotere.

E non era una sensazione legata solo allo sport, anche nella vita cercavo situazioni estreme, che potessero liberare la stessa adrenalina. Non c'era niente che mi facesse fermare e dire: forse mi spacco l'osso del collo.

Non era incoscienza, mi accorgevo del pericolo, lo vedevo, lo soppesavo, ma sentivo di potercela fare e allora mi buttavo.

3
L'imprevisto

Quando avevo 9 anni mio padre aveva deciso di costruire una casa nuova, più grande, appena fuori Brescia, dove ci saremmo trasferiti.

Spesso con la mamma andavamo in bici a vedere come proseguivano i lavori, mia sorella su una bicicletta rosa di Barbie, io su una BMX coi freni consumati che mi rifiutavo di cambiare e la sella lunga, da maschio, che avevo voluto a tutti i costi.

Mia madre entrava per controllare l'avanzamento dei lavori e ci lasciava fuori.

I garage erano stati finiti per primi. Così mi ero inventata un gioco: bisognava lanciarsi giù in bici, a tutta velocità, lungo la rampa dei box, e appena prima di spiaccicarsi contro la saracinesca buttarsi di lato su un fazzolettino di prato.

Mia sorella rallentava la discesa con i freni, mentre io lasciavo scorrere le ruote.

Nostra madre non ne sapeva niente, ce l'avrebbe sicuramente impedito.

«Dai Silvia, andiamo.»

«No, questa volta no, ho paura» aveva piagnucolato lei.

«Ma quale paura? I freni della tua bici funzionano benissimo.»

Quel giorno mia sorella non ne voleva proprio sapere e se n'è andata a fare un giro per conto suo, lasciandomi sola con la mia personale sfida.

A ogni discesa alzavo la posta e mi lanciavo di lato sempre più tardi. Mi sentivo invincibile, sapevo come fare, non avevo paure o titubanze e la bici non mi avrebbe mai tradito.

Mentre mi stavo rialzando dall'ultimo salto, ho visto che la gamba destra era ricoperta di sangue. Il cuore ha cominciato a battere più veloce, ho guardato meglio. Lungo la tibia si era aperta una ferita lunga e profonda, composta, un taglio preciso. Lì accanto ho visto sparsi per terra mattoni rotti, cocci, vetri di varie dimensioni lasciati dagli operai. Non mi aveva tradito la bicicletta, né i miei nervi o i miei riflessi, mi aveva tradito un imprevisto.

Sono salita in sella e senza dirlo a nessuno sono andata fino a casa, poi mi sono chiusa in bagno. Mi sono medicata da sola e nel tentativo di tamponare la ferita ho inzuppato di sangue un intero asciugamano. Poi me ne sono liberata, per non lasciare tracce.

Un altro bambino sarebbe andato dalla mamma a piangere, io non l'ho detto a nessuno. Per nascondere la cicatrice ho portato i pantaloni lunghi per tutta l'estate.

Mi sono sempre comportata così, se facevo qualcosa di pericoloso e mi facevo male, lo tenevo per me.

Se fossi andata a farmi consolare da mia madre, mi avrebbe trattato come faceva con mia sorella Silvia: non fare questo, non fare quello! E invece io volevo fare tutto.

Se fossi andata da lei in lacrime, avrebbe pensato che

soffrivo e si sarebbe spaventata. Ma soprattutto avrebbe pensato che ero fragile.

Per questo, quando ho scoperto di avere il cancro, ho chiesto a tutti di non trattarmi da malata, perché non volevo sentirmi come la ragazzina spaurita che si è trovata all'improvviso un taglio su una gamba.

4

Come Nadia Comaneci

Di ginnastica artistica i miei genitori non ne sapevano niente, però amavano la Comaneci, la più grande ginnasta di tutti i tempi, e la seguivano in televisione. Un giorno mio padre mi ha detto che mi avevano chiamato Nadia proprio in suo onore. Non so se fosse vero, ma in quel momento è nata la mia passione per le acrobazie.

A 4 anni stavo sempre con le gambe per aria, ruote, verticali, ponti all'indietro, candele. D'estate in spiaggia mio padre mi appendeva alle sbarre dei campi gioco e io facevo le trazioni, su e giù dieci volte senza battere ciglio. Si radunava sempre un piccolo capannello di persone, stupite dalla forza e dalla coordinazione del mio corpicino. Mi piacevano i loro sguardi e ancora di più la soddisfazione stampata sulla faccia di mio padre. Ero piccola, ma già allora quell'abilità mi dava la sensazione di essere speciale.

Vicino casa c'era una piccola e agguerrita società sportiva, che faceva provini per scegliere atlete da avviare a competizioni nazionali e internazionali. Mia madre mi ci ha portato quando ancora non avevo compiuto 5 anni.

L'allenatore era un uomo grosso, burbero, mi ha fatto provare qualche attrezzo, mi ha chiesto di fargli vedere cosa sapevo fare e non ho avuto nessun timore a mostrargli tutto il mio repertorio.

Alla fine ha chiesto: «Da chi ha imparato a fare queste cose?».

«Non lo so, immagino dalla televisione. Nessuno di noi in casa ha mai fatto ginnastica» ha risposto mia madre.

Lui mi ha guardato dritto negli occhi, serio, senza sorridere e mi ha parlato come a un'adulta: «Tu sei un'atleta nata. Per me puoi cominciare da agonista».

Lì sono cominciati cinque anni di allenamenti durissimi. La mattina andavo a scuola, il pomeriggio scendevo in giardino a giocare con gli altri bambini e alle 4 rientravo a casa a farmi la sacca per l'allenamento. Mia madre pensava: "Finché sale da sola vuol dire che le piace". Non mi ha mai dovuto chiamare, nemmeno una volta.

La palestra era piccola e sporca, mi è piaciuta subito. Quattro ore al giorno di flessioni, trazioni, ribaltate, verticali, centinaia di addominali, e poi c'erano gli attrezzi, la trave, le parallele, il volteggio. Da lunedì a venerdì, e la domenica le gare. Dopo qualche mese ero scolpita, a guardarmi oggi in foto facevo quasi spavento, una piccola Schwarzenegger.

Il corpo doveva essere allenato a controllare ogni movimento, altrimenti si rischiava di avere qualche incidente. La sera arrivavo a casa e sbranavo il tavolo, consumavo tantissimo.

E poi c'era grande disciplina, dell'allenatore avevamo paura più che rispetto, perché quando eravamo deconcentrate diventava una furia. Potevamo farci male e la responsabilità era sua. Così piccole eravamo in tre, io, Camilla e Dominga. Spesso se la prendeva con loro perché erano meno attente e tante volte mi faceva allenare da sola: "Fai cento di questi". E io facevo. "Fai cento di quelli." E io facevo. Con me aveva vita facile.

Ci si allenava con il braccio rotto, con le dita lussate, con la caviglia slogata. Bastava prendere qualche accorgimento, per esempio quando la caviglia non era a posto, nei salti mortali atterravi sulle ginocchia invece che sui piedi.

Sullo spiazzo della palestra affacciava la balconata dell'oratorio, se arrivavi tardi l'allenatore ti ci appendeva e finché non avevi fatto cento trazioni non potevi scendere con le altre. Camilla era sempre appesa.

In gara ho cominciato a vincere qualche coppa, a fare qualche piazzamento. L'allenatore è venuto a casa a parlare con mia madre: «La voglio portare in Romania, c'è una competizione importante per la sua categoria».

Mia madre titubava. «In che periodo? Devo vedere se riesco a prendere le ferie.»

«No, da sola, senza genitori.»

Lei non ha risposto.

La sera, a letto, ne ha parlato con mio padre:

«Cosa dici, Maurizio?»

«Lasciamola andare la Nanetta, se l'allenatore la vuole è perché è sicuro del suo talento» ha risposto lui.

«È piccola, così lontano, per tutto quel tempo...»

Ha vinto mia madre e in Romania non ci sono andata.

Non mi è dispiaciuto, ero spericolata, non competitiva. Mi piaceva fare il volteggio, i flick, non per vincere, per il brivido. È quello che oggi amo di più del mio lavoro, la diretta televisiva, gli imprevisti dei servizi, le situazioni estreme. È il rischio che mi piace. E non significa che sono incosciente. Quando sono andata in Iraq sul fronte insieme ai peshmerga, avevo preparato tutto, nessuno spostamento, nessuna situazione era stata lasciata al caso. Ero stata scrupolosissima, proprio perché il livello del pericolo era alto. Così come di fronte agli addominali non mi tiravo indietro, perché sapevo che mi avrebbero salvato la spina dorsale nei salti mortali.

Mi ricordo quando facevo i numeri da circo, mi sentivo potente, lucida, con un controllo assoluto su me stessa e su quello che mi stava intorno, percepivo ogni centimetro di pelle, era come se fossi presente in ogni cellula.

Quello che la ginnastica artistica mi ha lasciato è un modo di comunicare. Quando parlo, quando rido, quando cammino tutto il corpo è coinvolto, una fisicità totale e trascinante.

È durata cinque anni, poi, a un certo punto, fare la sacca ha cominciato a pesarmi, non avevo più lo stesso entusiasmo per gli allenamenti, soprattutto non avevo più lo stesso entusiasmo per l'allenatore.

5

Le volte in cui mi hanno mollato

PARTE 1

Ci sono persone che si danno facilmente, io non sono così, davvero pochi conoscono le mie fragilità. Non mostro mai il fianco. Affronto le persone di petto, vado in fondo alle cose, non mi arrendo, ma difendo con uno scudo impenetrabile i miei punti vulnerabili. Ci ho riflettuto molto negli anni e credo che faccia parte della mia natura, penso però che anche alcune esperienze abbiano contribuito a rendermi parecchio diffidente.

Una sera sono tornata a casa dall'allenamento con le gambe ricoperte da manate rosse, si vedevano chiaramente le impronte delle dita. Mia madre le ha viste: «Cosa ti è successo, tesoro?».

Non sapevo cosa dirle. Con la trave avevo sempre avuto un blocco, non mi riusciva la ribaltata indietro, avevo paura. Facevo tutto il resto, ma quella no. Quel giorno l'allenatore mi aveva detto: «Falla, ti tengo io».

Mi sono fidata e mi sono lanciata. Nel momento in cui ho girato la testa indietro ho visto che lui non c'era, non era lì accanto, pronto a prendermi. Sono caduta e mi sono messa a piangere. Non piangevo perché mi ero fatta male, piangevo perché lui era il mio maestro, gli avevo creduto e aveva mancato di parola.

«Cosa ti è successo, tesoro? Puoi dirlo alla mamma.»

Me ne sono stata zitta, sentivo le lacrime spuntarmi dagli occhi e non volevo piangere. Le ho ricacciate giù da dove erano arrivate, ma mia madre non aveva bisogno delle mie parole per capire.

Il giorno dopo è andata in palestra al posto mio: «Nadia qui non viene più. Hai perso una grande atleta per colpa tua. Quelli non sono i modi, non con le botte».

Non mi sono opposta alla sua decisione, anche se non erano stati gli schiaffi a togliermi la voglia, sapevo che erano un modo di indurirci, di prepararci a competere.

È stato quello che l'allenatore *non* ha fatto, a segnarmi: è mancato nel momento in cui avevo bisogno di lui.

Ogni tanto mia madre mi dice che sono una ragazza dolce.

«Mamma, ma dove la vedi in me la dolcezza?» le ho chiesto.

«Basta che guardi il servizio in cui intervisti le ragazze violentate che sono riuscite a scappare dall'Isis, i bambini addestrati alla guerra. Il modo in cui parli, come li guardi. I tuoi occhi hanno una dolcezza che non ho mai visto in nessun altro.»

Ho ripensato al momento in cui mi sono ritrovata di fronte a loro, alla dignità e al dolore con cui mi hanno raccontato le loro storie, e ho ricordato quello che ho provato, la rabbia mescolata a una profonda tenerezza.

Per tanti anni ho nascosto il mio lato dolce, perché credevo che mi potesse indebolire, e la corazza mi è servita, mi ha reso forte, mi ha portato lontano a raggiungere dei risultati importanti. Ma è stato anche il mio tallone d'Achille, perché per qualche momento ho pensato di essere una persona invincibile, che si schiera, difende, combatte e che non soffre, non ha paura.

La malattia, il dover stare a casa per così tanto tempo, l'avere bisogno di aiuto, mi hanno costretta a riprendere contatto con la mia parte più tenera e indifesa, quella più umana. Era come se mi fossi dimenticata che la fragilità non è una debolezza, ma è la condizione dell'essere umano ed è proprio lei che ci protegge, perché ci fa ascoltare quello che proviamo, quello che siamo, nel corpo e nel cuore.

6
Forrest Gump

Quando ho lasciato la ginnastica non mi sono lamentata, mi sono adattata alla nuova situazione senza fare storie, però mi mancava l'attività quotidiana. Mi era rimasta addosso un'energia incontenibile che non sapevo più dove incanalare, e quasi senza accorgermene ho cominciato a correre. Ero animata da una fretta inconsapevole, una voglia di fare più cose possibili, come se sentissi che il tempo non era abbastanza.

Anche a mia sorella piaceva correre e così imbastivamo degli allenamenti e facevamo delle piccole gare tra di noi nel campetto sotto casa. Siccome ero più forte, le lasciavo sempre un vantaggio, ma poi davo il massimo. Non ho mai regalato niente delle qualità che ho, non le ho mai sprecate o risparmiate, perché mi è sempre sembrato uno schiaffo alla natura che me le ha date in sorte.

A mia sorella non andava di perdere e, nonostante il vantaggio, rubava alla partenza e quando la superavo mi si attaccava alla maglietta. Ma io ero un fulmine.

Mi piaceva stare dietro, perché mi spingeva a correre più forte, avere qualcuno davanti è una sfida che ti stimola, mentre quando sei primo sei solo e hai tutto da perdere. Anche nel lavoro è sempre stato così, non ho mai avuto invidia per il lavoro altrui o per chi andava in onda, la bravura degli altri è sempre stata uno sprone, non ho problemi a riconoscerne il valore. Se mi arriva una segnalazione per un argomento che non mi interessa o che non è adatto a me, lo passo a qualcuno che penso potrebbe occuparsene meglio. Non sono gelosa dei miei contatti, li condivido senza problemi, farlo non mi toglie niente.

Ci sono persone che impegnano tutte le loro energie a tenere in basso gli altri piuttosto che a salire, e secondo me non avranno molto successo, perché sprecano quello che hanno di meglio per togliere a qualcuno, invece di aggiungere a se stessi.

Alle medie ho iniziato con i 100 metri, ero velocissima, come il vento. Alle superiori sono stata la più forte della scuola per due anni e sono arrivata ai campionati nazionali.

Adoravo la gara per la gara, mi davo completamente, fino a sentire il sangue in gola per la fatica. Era l'adrenalina della competizione, oggi è quella della diretta, delle chiuse. In quei momenti sei tutta concentrata, tensione di nervi e muscoli, e vuoi dare il massimo, poi come deve andare va. Hai una lucidità spaventosa.

Sentivo dall'altoparlante: "Ai vostri posti".

E poi il silenzio.

Vivevo per quell'istante, quando tutto è sospeso e trattenuto e aspetta di esplodere in pura potenza e velocità.

Portavo le unghie lunghe come la Griffith, lei usava tutti i colori per fare la bandiera americana, io venivo da Brescia e le facevo con la scolorina bianca.

Avevo imparato a correre nel campetto sotto casa, con le Tacchini o le Puma, perciò non ho mai gareggiato con i tacchetti. Se li sai usare ti fanno migliorare il tempo ma io non ero capace, avrei dovuto cominciare da piccola, e così coi tacchetti invece di correre più veloce andavo più lenta. Facevo 13, 14 secondi, quando il mio record personale era 12.33, con le Puma.

7

Le volte in cui mi hanno mollato

PARTE 2

I miei genitori mi hanno sempre trattato in modo diverso rispetto alle mie sorelle. Silvia, che è poco più grande di me, è stata la figlia da proteggere, mentre Mara è rimasta un po' fuori dai giochi, perché è la maggiore e ha dieci anni più di me e nove più di Silvia.

Mio papà diceva che di Nanette ne avrebbe fatte altre dieci, mi ripeteva: "Tu puoi imparare a fare tutto. Basta che ti metti e ci riesci".

Era strano detto da lui, perché non ci ha dato grande conforto né fiducia, sostegno o vicinanza. Era spesso via per lavoro. Eppure mi ricordo benissimo le sue parole di stima, anche se nei fatti non me l'ha mai dimostrata, però sono bastate le parole perché su di me hanno avuto un grande effetto.

Fin da piccola volevo fare tutto da sola, volevo bastarmi, essere indipendente.

A 3 anni mi vestivo per i fatti miei, anche le scarpe. Mi mettevo seduta e non mi alzavo finché non riuscivo ad allacciarle, e guai se qualcuno provava ad aiutarmi. Se impari a non chiedere, poi diventa difficile farlo.

È per questo che mio padre ne avrebbe volute altre dieci come me, era come non avermi.

Quando eravamo bambine, lui ci diceva che nella vita dovevamo essere dei Numeri Uno. Per lui o vincevi o non eri nessuno, o arrivavi primo o non valevi niente. Mentre mia sorella Silvia si rifugiava in un angolo a piangere io imparavo per bene la lezione, mettendo da parte tutto quello che poteva intromettersi tra me e il primo posto.

Ci faceva tagliare i capelli corti come marines. A mia mamma dispiaceva, ma lui diceva che erano più pratici. Ci portava a sciare tutte e tre sulle piste nere, quando eravamo ancora piccole, mi ricordo che Silvia piangeva e non voleva scendere, allora la consolavo e le dicevo che l'avrei aiutata, che le sarei stata davanti tutto il tempo. Anche a scuola la difendevo sempre, facevo a botte per lei. Aveva paura dei cani e allora me la caricavo in groppa, ero il suo scudo contro il mondo.

Quando la sera mamma vedeva i fari dell'auto di papà fuori dal cancello, ci avvisava a voce alta: "È arrivato!".

Correvamo a infilare le ciabatte, perché in casa non si poteva stare a piedi scalzi, e ci mettevamo in ordine per salutarlo. Ridevamo e gridavamo: "*Alarme!*" come facevano i francesi quando arrivavano i nazisti. Con lui non si poteva sbagliare o disobbedire.

È stato quando ci ha insegnato ad andare in bici che ho imparato la lezione definitiva. Il suo metodo era far finta di tenerci e poi spingerci all'improvviso, senza rotelle, per fortificarci, per vedere di che pasta eravamo fatte. Silvia aveva una paura folle, tanto che alla fine, dopo un paio di tentativi andati male, era riuscita a nascondersi dietro la mamma.

La prima volta sono caduta, e non me lo scorderò mai.

Guardavo l'asfalto sotto le ruote e pedalavo, lui mi ha detto: «Vai più veloce, che ti tengo io».

Ho premuto più forte sui pedali, poi all'improvviso ho sentito che da dietro mi era venuto a mancare il sostegno, la bici ha preso velocità e il manubrio ha cominciato a dimenarsi tra le mie mani, l'ho impugnato più stretto, ma non ho trovato il punto di equilibrio e sono caduta, sbucciandomi un ginocchio.

Mi sono rialzata da terra, non ho pianto. L'ho guardato in fondo alla strada e ho pensato: "Io posso anche imparare a farcela da sola, ma tu me lo devi dire, non mi dici che mi tieni se poi non ci sei", ma alla fine sono stata zitta. Mi sono sentita come quando l'allenatore non mi aveva tenuto sulla trave, gli avevo dato la mia fiducia e lui l'aveva tradita e non c'era niente che si potesse fare per rimediare a questa cosa. Da lì ho capito che mi sarebbe convenuto imparare a non mollare mai, perché gli altri mi potevano mollare in ogni momento.

Credo che mi sia rimasto dentro per tutti questi anni.

Mia madre ha sempre cercato di rispettare la mia indipendenza, il mio desiderio di totale autonomia. Per carattere è molto apprensiva e ci sono state situazioni in cui ho dovuto essere brusca per farle capire qual era la distanza giusta. Con il tempo si è resa conto che non può trattarmi come fa con le mie sorelle; loro abitano tutte vicino e lei le aiuta anche nelle faccende pratiche, è presente, dà una mano, come fanno le mamme. Io sono lontana.

Quando stavo partendo per l'Iraq, ha reagito con mille preoccupazioni e alla fine le ho detto: «Questo è il mio lavoro, la mia vita. Se non riesci ad accettarlo, d'ora in poi ti dirò tutto a cose fatte».

Sono stata molto dura, ma non voglio che le mie scelte possano toglierle serenità, le ho fatto capire che la metto a parte di quello che mi succede solo se riesce a gestirlo. Quello che faccio, che affronto ogni giorno è impegnativo sotto molti punti di vista, non posso caricarmi anche la sua ansia, perché mi toglierebbe energie.

Una sera, dopo la radioterapia, mi era salita qualche linea di febbre. Ha cominciato a monitorarmi ogni mezz'ora per sapere quanta ne avessi, alla fine sono esplosa: «Non lo so! Quella che avevo prima».

Sono fatta così, mi lecco da sola le ferite. È un'abitudine e le abitudini sono difficili da cambiare.

Il cancro mi ha messo a dura prova. Ci sono stati momenti in cui ho avuto bisogno di aiuto e allora mia mamma è venuta a stare da me. In qualsiasi altra situazione sarebbe stata una cosa impensabile, da marziani.

Un giorno le ho chiesto se poteva passare in farmacia e occuparsi delle ricette, mi ha guardato e mi ha sorriso: «Non sai che piacere mi dai. Ora posso finalmente fare qualcosa per te».

Ho capito quanto possa essere difficile starmi vicino, ho sentito gli spigoli, le asperità del mio carattere.

Non ricordo di essermi mai fatta coccolare da lei, non ricordo di essere stata per un'ora tra le sue braccia, ricordo che mi stringeva e io scappavo via come una tarantola, non mi ricordo di aver pensato: "Mi sento al sicuro".

E adesso la malattia mi restituisce pezzi interi di infanzia, le carezze, l'abbandono, l'affidamento. L'autonomia che per tutta la vita ho ostinatamente perseguito, il non avere bisogno di nessuno si sono frantumati contro la realtà degli interventi, delle terapie, dei tempi di ripresa che non posso controllare e che decidono la mia giornata. Mi torna tutto indietro con gli interessi.

Mia madre dice che quando ero piccola ero molto riflessiva, io ricordo solo la mia parte superenergica.

Mi ha raccontato che una sera l'ho raggiunta in cucina e mi sono seduta a guardare fuori dalla finestra. Ogni tanto si girava e mi osservava, non voleva disturbarmi perché le sembravo profondamente assorta.

Poi l'ho guardata e le ho chiesto: «Mamma, cosa c'è dietro le stelle?».

Non ha saputo rispondermi, mi ha abbracciato forte.

8

Sorelle

Quando sono nata, la casa era già molto affollata. Mia madre mi ha portato a casa dall'ospedale e la prima cosa che Silvia ha chiesto era se potevano riportarmi indietro dove mi avevano preso. Hanno cercato di spiegarle che non sarei andata da nessuna parte, che sarei rimasta lì con loro, e quando l'ha capito ha fatto una mezza tragedia, la prima di tante.

Mara invece si è occupata di me sin da subito. Mi cambiava, mi cullava, giocava alla piccola mamma. Poi, quando siamo cresciute, spesso teneva me e Silvia, ci controllava i compiti, ci portava a spasso. Con lei non ricordo nemmeno un litigio, anzi era il mio mito personale. Adoravo tutto di lei, come si vestiva, le cose che faceva. Pensavo a quanto sarebbe stato meraviglioso se da grande fossi diventata come lei.

Con Silvia ogni cosa era terreno di scontro, litigavamo di continuo, lei mi provocava finché non mi tenevo più e le assestavo dei morsi poderosi sulla schiena. Allora scoppiava a gridare come un'aquila e mia madre correva in suo soccorso.

Poi però, fuori da casa, la proteggevo come un cane da guardia. All'asilo avevamo una maestra non proprio accomodante. Quando in mensa c'era qualcosa che a Silvia non piaceva le dicevo: "Dallo a me". E poi lo buttavo sotto il tavolo.

La maestra chiedeva: "Chi ha buttato il cibo per terra?".

"Io" rispondevo senza esitazione, perché non volevo che se la prendesse con lei e la sgridasse, dentro di me sapevo che non ce l'avrebbe fatta a sopportarlo.

Anche quando Mara ha cominciato a fumare, Silvia lo ha detto a mia madre, come se non fosse in grado di mantenere la responsabilità di quel segreto. Mia madre è venuta da me a chiedere conferma, ero piccola ed era sicura che non avrei mentito.

«Non sono sue le sigarette, le tiene a Debora, una sua amica che ha paura di essere scoperta dai genitori» le ho detto.

E poi, per coprire Mara, gliele andavo a comprare. Avevo cinque anni, mi presentavo al bar sotto casa e chiedevo un pacchetto di Merit: "Abbiamo gente a pranzo" spiegavo, per dare un tocco di credibilità. Già avevo un'incredibile istinto a improvvisare nelle situazioni delicate o difficili.

D'estate andavamo venti giorni in malga dalla nonna, noi tre da sole, perché mia madre lavorava e non aveva due mesi di ferie.

Silvia cominciava a piangere due giorni prima della partenza e non la smetteva più, anche se in malga ci divertivamo come matte, in mezzo ai cugini, agli animali, dentro e fuori dal bosco. Era una vita selvaggia e libera, non c'erano pericoli e la nonna aveva molto da fare, perciò stavamo sempre tra noi.

Nonostante tutto, la sera Silvia si metteva a piangere, senza mia madre non riusciva a addormentarsi. Allora mia madre un paio di sere a settimana guidava l'auto fino alla malga, la metteva a letto e poi se ne tornava in città. Solo che al risveglio, quando Silvia non la trovava, riattaccava a piangere con maggiore angoscia, perché il distacco era ancora più acuto.

Avevano un attaccamento esagerato, vedevo sempre mia mamma impegnata a calmare Silvia, a consolare Silvia, a rassicurare Silvia, e forse ci sono stati momenti in cui mi sono sentita tagliata fuori, senza che nessuno lo volesse.

La casa dei miei genitori è ancora piena di mia sorella. Quando si è sposata è andata a vivere col marito, ma ha lasciato tutti i suoi vestiti a casa dei miei. Mia madre dice che si comporta così perché da piccola ha sofferto della mia nascita e in questo modo le ha sempre creato un gigantesco alibi.

Credo che sia davvero complicato con tre figli, stai dietro a chi ti sembra abbia più bisogno, cogli l'emergenza, e io mi sono sempre arrangiata da sola, vedevano che ce la facevo e andava bene così, la mia autonomia è diventata un'abitudine per tutti. Ho sempre saputo che me la potevo cavare, mentre le mie sorelle erano più fragili, e allora istintivamente mi toglievo di mezzo, stavo defilata e mi guadagnavo uno spazio di insolita libertà per le mie esplorazioni e i miei azzardi.

Una volta, un ragazzino del giardino sotto casa si era rotto una gamba e aveva il gesso, la cosa mi aveva incuriosito e continuavo a chiedermi cosa si provasse ad avere il gesso, finché ho pensato bene di sperimentarlo direttamente e mi sono lanciata dalle scale con i pattini a rotelle. Mi sono rotta la tibia e dopo qualche giorno scendevo al campetto di calcio a giocare con i maschi, perché avevo scoperto che con il gesso potevo calciare più forte il pallone. Non avrei potuto fare niente di tutto questo, se mia madre mi fosse stata addosso come faceva con mia sorella.

La mamma ha sofferto moltissimo del fatto che fossi nata così vicina a Silvia, era ossessionata dalla paura che mia sorella potesse sentirsi messa da parte, così quando mi allattava si nascondeva, e chiedeva spesso a Mara di starmi dietro e occuparsi di me.

La sua paura arrivava da lontano. Quando mia madre aveva 4 anni, le era nata una sorellina e mia nonna, per potersi occupare della nuova arrivata, l'aveva affidata a un'altra donna. Mia mamma si era sentita rifiutata e abbandonata, nel profondo, come solo può accadere a un bambino così piccolo.

Nel tentativo di evitare che Silvia potesse provare quello che aveva provato lei, l'ha resa debole e bisognosa, e ha reso me forte per due.

Non mi rammarico per quello che è stato, ogni situazione porta in sé un regalo e un carico e sono felice di non aver potuto scegliere la mia infanzia. Prendo le cose come vengono, perché sono convinta che ci sia da qualche parte qualcuno che è più saggio di noi, e che ha nascosto una perla dentro ogni grande difficoltà. La mia è stata poter diventare uno spirito libero.

9

Lasciare il nido

Non tengo nessuno dei servizi che ho girato, non li archivio, li ho tutti con me, nella memoria. Sono andati e basta.

Mia madre invece conserva tutti i ritagli di giornale, le copertine, le foto, le interviste. Mi fa impressione quando le vedo, è come essere congelata nel passato, mentre la vita mi ha già portato da un'altra parte. Non ho pianificato il mio futuro, ho sempre fatto progetti a breve scadenza. Se a 18 anni qualcuno mi avesse detto: "Condurrai 'Le Iene'", avrei risposto: "Ma va'!". Allora non ci pensavo proprio, né a "Le Iene" né tantomeno alla TV, anche se c'erano stati alcuni segnali.

Quando andavo alle medie i miei genitori mi avevano regalato una telecamerina e durante le vacanze estive facevo dei mini reportage come nel "Testimone" di Pif e poi li guardavamo con grande divertimento. Per gli esami di terza, ci avevano chiesto di preparare un progetto speciale audiovisivo: i miei compagni avevano fatto delle specie di cartoni animati, io mi ero fatta prestare una giacchettina, avevo preparato delle interviste agli alunni della scuola e poi avevo presentato un telegiornale in perfetto stile Gruber, con il braccio appoggiato sul bancone. Avevo riscosso un successo incredibile, più per la bizzarria della cosa che per i reali contenuti, uno scricciolino che imitava la giornalista più rappresentativa e innovativa della televisione nazionale. Mi ricordo che molti genitori avevano riso, anche se mi ero preparata all'impresa con estrema serietà.

Al momento non ho pensato che queste cose avessero un significato o tracciassero un destino, è stato più tardi, quasi a posteriori, che li ho visti come dei piccoli segnali.

Nel lavoro mi si è sempre aperta qualche strada e a partire da quella ho preso una direzione. Ho alzato l'asticella piano piano, non ho mai puntato alla luna in un colpo solo.

Anche perché su una cosa mia madre è stata sempre risoluta: "Puoi fare quello che vuoi, ma se non studi, non raggiungerai mai niente".

I miei genitori vengono da famiglie semplici, con pochi mezzi, e mia madre ha sempre avuto ben chiaro che per affrontare il mondo a testa alta bisogna avere basi solide, una donna ancora più di un uomo.

Ci ha sempre detto: "I soldi finiscono, ma se avete la capacità di fare e lavorare, potete scegliere e anche decidere se stare con un uomo o non starci. La donna può essere sfruttata e soccombere. Se invece ha il sapere, ti affronta a testa alta e ti manda a quel paese".

Hanno fatto fatica a portarci tutte e tre fino all'università, ma è stata l'eredità più preziosa che ci hanno lasciato.

E a vent'anni siamo volate via.

10
Folgorata in un centro commerciale

Con Bologna è stato amore a prima vista, avevo così tanta voglia di scoprire cose nuove che il primo anno di università sono tornata a casa per la prima volta solo dopo sei mesi. Rispetto a Brescia, era una città piena di giovani, venuti da ogni parte d'Italia per studiare. Un microcosmo di diversità dove tutte le esperienze, anche le più bizzarre, erano a portata di mano.

Studiavo Lettere e non avevo nessun contatto con il mondo dello spettacolo. Però avevo bisogno di guadagnare qualche soldo e facevo i lavori più disparati, tutto quello che mi capitava.

Un giorno ho visto una locandina appesa in una bacheca della facoltà: era un concorso per attori o aspiranti tali, bisognava presentarsi con un monologo originale o di repertorio. Il migliore avrebbe vinto un corso di teatro e 300.000 lire.

Non m'interessava vincere il corso, ma i soldi sì, e mi stuzzicava la voglia di provare a mettermi in gioco e calcare un palco, anche se piccolo. Sono tornata a casa con il numero di telefono in tasca e mi sono iscritta di getto.

Nei giorni seguenti pensavo e ripensavo, di sicuro

ci sarebbero stati un sacco di attori, Bologna era piena di artisti, di gente che voleva fare o faceva teatro.

Io non avevo nessun tipo di esperienza, non sapevo nemmeno come era fatto un testo teatrale, però ho pensato che se avessi portato un'opera conosciuta il confronto con altri sarebbe stato schiacciante, sarebbe stato subito evidente che non sapevo recitare.

Già solo l'idea di provarci mi agitava, ma invece di abbattermi e darmi per sconfitta ho tirato fuori un'intuizione dal cappello: potrei provare a scrivere di un personaggio agitato, così da portare in scena qualcuno che avrà il mio stesso stato d'animo in quel momento. Senza saperlo ho fatto qualcosa di cui gli attori si nutrono per rendere vivo il loro lavoro, avvicinano le esperienze personali al testo che devono recitare, così da renderlo il più vero possibile. All'epoca non lo immaginavo nemmeno, ma l'istinto e l'astuzia mi hanno portato nella direzione giusta.

Una notte mi è saltata in mente un'idea: una ricercatrice cubana ha scoperto un vaccino potentissimo e vuole diffonderlo nel mondo, ma per farlo deve scappare da Cuba.

Ho buttato giù in un colpo solo le prime battute: lei è nel bagno dell'aeroporto, si trova davanti a uno specchio e deve farsi forza per passare i controlli e uscire dal paese. Era un monologo che serviva a rincuorarsi e convincersi che poteva farcela e che le cose sarebbero andate bene. Era lei, e allo stesso tempo ero io che mi infondevo coraggio per la situazione in cui mi ero messa, e forse anche per il futuro che mi aspettava.

Nei giorni seguenti, lo scrivevo e riscrivevo, provavo e riscrivevo di nuovo, fino a che non arrivavo a una versione che mi soddisfacesse. Poi lo lasciavo riposare e lo riprendevo in mano, aggiustandolo ancora. Sarei andata avanti così all'infinito da quanto era grande il desiderio di renderlo perfetto, se non fosse arrivato il giorno del concorso.

Quel sabato pomeriggio ci hanno radunati tutti in un centro commerciale, era lì che ciascuno di noi avrebbe mostrato il proprio pezzo. C'era un sacco di gente oltre ai partecipanti il corridoio era pieno di persone venute per comprare, per guardare, per passare un pomeriggio.

In un angolo, tra l'ingresso di due negozi, era stato allestito un piccolo palco per la nostra esibizione.

Mi sono registrata e mi hanno assegnato un numero, poi mi hanno chiesto di aspettare insieme agli altri. Mi sono guardata intorno, erano tutti allievi di teatro, ragazzi che già avevano fatto qualcosa. Ho capito subito che sarei stata un'outsider. Ho cercato di rimanere concentrata e di convincermi che avevo in tasca una buona carta da giocare, il mio monologo.

Gli altri sfilavano davanti a me, portavano testi di Arthur Miller, Samuel Beckett, molti Shakespeare.

Poi mi hanno chiamato, era il mio turno. Ho deciso di non pensare e di giocarmi il tutto per tutto. Iniziato il monologo, mi sono sentita subito a mio agio, come se un liquido caldo mi scorresse nel corpo e lo massaggiasse tutto, non vedevo né sentivo nessuno fuori di me, da tanto era alta e profonda la concentrazione. Solo, a un certo punto, mi è sembrato di percepire un silenzio sospeso e gli occhi di tutti che si attaccavano alle mie parole, al mio sguardo e ai movimenti.

Alla fine sono scesa dal palco come in uno stato di trance e dalla gente che era lì a vedere è arrivato un applauso fragoroso.

Ero ancora stordita e piena di quello che era successo e non riuscivo a smettere di sorridere, mi sentivo bene, mi sentivo felice in un modo totale.

Alla fine, dopo che tutti si erano esibiti, uno dei membri della giuria è uscito e ha letto a voce alta: «All'unanimità abbiamo scelto Nadia Toffa».

I suoi occhi mi hanno cercato tra la folla, quando mi ha trovato ha aggiunto: «Non deve smettere, lei ha riempito il palco. Non deve smettere nemmeno di scrivere».

All'improvviso sono scoppiata a piangere. Sarà stata la tensione nervosa, la situazione nuova in cui mi ero trovata, tutta quella gente, piangevo come una fontana e non era da me, non era assolutamente da me, ho pensato. Non mi sarebbe più successo di commuovermi così, nemmeno per premi più importanti.

È stato molto intimo, un'emozione fortissima, è stato come rivoltarmi da dentro e dare tutta me stessa, senza risparmiare niente, senza difendermi. Quello che non sapevo fare nella vita, a tu per tu, mi riusciva benissimo davanti alla gente.

Non avevo avuto paura, mi ero goduta ogni singolo istante, senza pensare a come avrebbero potuto giudicarmi.

Ho capito molte cose quel giorno, soprattutto che se non ti butti finisce che resti al palo ad aspettare. È chiaro che buttarsi fa paura, per questo bisogna coltivare tanto coraggio, così tanto da riuscire a spaventare la paura.

11

Altre avventure

Durante l'università ho sempre lavorato, non mi andava di chiedere ai miei genitori di mantenermi, desideravo disporre di soldi miei. E poi, oltre a studiare, volevo fare più esperienze possibili.

Ho provato di tutto: ho lavorato dietro al bancone dei bar, servito ai tavoli dei ristoranti, fatto le pulizie di notte nelle banche, promosso prodotti di ogni tipo, dallo yogurt alle calze. Sempre con il sorriso. Non sentivo queste attività come un ripiego o come occupazioni di serie B, ogni giornata era piena di piccole scoperte e in sé aveva un valore.

Sono da sempre una stacanovista, instancabile, per me è naturale, ho tutta questa energia da spendere e non mi sono mai risparmiata, mi sembrava di sprecarla.

Con la mia amica Bea abbiamo avuto stagioni molto intense come hostess di fiere, facevamo giornate da 12, 14 ore, ma ci pagavano bene e potevamo lavorare nei weekend senza perdere lezioni all'università.

Siamo state un paio di volte alla Fiera del Libro di Milano per un editore di libri d'arte e a fine giornata ci hanno fatto storie per pagarci gli straordinari. Io mi sono spesa con il responsabile dello stand in un'arringa senza fine in difesa dei diritti dei lavoratori. Mi ha ascoltato per tutto il tempo senza battere ciglio e alla fine ha detto: «Hai ragione, ma le cose non cambiano di una virgola».

Le sue parole mi hanno fatto infuriare ancora di più, era un'ingiustizia bella e buona, lo sapeva e non aveva intenzione di fare niente.

Prima di andarcene abbiamo nascosto un souvenir nella borsa, un libro d'arte molto costoso. Sapevo che stavamo rubando e non era giusto, ma volevo a tutti i costi una compensazione per il torto subito. La notte non ho dormito, ho pensato pure di restituire il libro. Alla fine mi sono consultata con Bea e abbiamo deciso di tenercelo.

L'avventura più strana è stata a Sun City, una specie di Las Vegas sudafricana, nel mezzo del deserto.

Ci avevano chiesto una disponibilità di due settimane, il lavoro consisteva nell'indicare agli ospiti, ogni mattina dopo la colazione, dov'erano la piscina, la sala massaggi, la palestra, la sala giochi e le attività della giornata. La sera dovevamo dare loro il benvenuto prima della cena. In un primo momento abbiamo pensato a una truffa, perché la paga era buona, comprendeva viaggio, vitto e alloggio e avevamo tutta la giornata libera. Invece, dopo aver letto per bene tutto il contratto, ci siamo decise a partire.

Una volta arrivate, abbiamo capito. Il posto era una specie di riserva per occidentali, un recinto da cui non si poteva uscire se non pagando cifre assurde. Ci siamo rassegnate a stare rinchiuse nel "parco giochi" per due settimane.

Lì ho giocato d'azzardo per la prima e unica volta nella mia vita.

Non avevo mai avuto la curiosità di provare, però il casinò era l'unica occasione di divertimento e ci siamo buttate. Abbiamo scelto la roulette e abbiamo vinto al primo colpo. Siamo state prese all'improvviso da un'euforia e una smania smisurate. Mi sono spaventata, ho capito che se non mi fossi fermata subito sarebbe stato un precipitare senza fine.

Io e Bea ci siamo guardate, senza dire niente abbiamo incassato la vincita e ce ne siamo andate.

In quel momento ho sentito che l'eccitazione della vincita può essere una droga pericolosissima; forse proprio lì è nato l'interesse per il gioco d'azzardo, che mi ha portato a realizzare una serie di servizi sulla ludopatia, la dipendenza dal gioco. Sono entrata in contatto con la disperazione senza via d'uscita di centinaia di persone. A Sun City è stato come se stessi per finirci anch'io e mi fossi tirata indietro proprio all'ultimo, sull'orlo del precipizio.

12

Per la prima volta dentro la scatola

Mi ero quasi scordata dell'avventura al centro commerciale, quando un amico che faceva il Dams mi aveva inquadrata per caso con la sua telecamera: «Cazzo, Nadia! Sei telegenica a manetta».

Non mi ero mai vista in un video, allora non c'erano telefonini e non era così frequente essere filmati.

Lui poi mi aveva chiesto di lavorare in un cortometraggio che stava girando. Il protagonista era un ragazzino gay di 16 anni. Con la parrucca, piatta e magrina, ero perfetta. Erano stati solo tre giorni di riprese ma mi ero divertita come una pazza, mi era sembrata la cosa più bella del mondo.

E così mi sono messa a cercare qualcosa che avesse a che fare col cinema e la televisione. A Bologna c'era Telesanterno, un canale locale con produzioni originali. Cercavano delle ragazze che facessero da sfondo, davano un gettone di 20.000 lire, non era niente all'epoca, però m'incuriosiva. Andavo il lunedì pomeriggio, dalle 2 alle 7, facevo tappezzeria, stavo zitta e osservavo, mi affascinava e non sapevo il motivo.

Poi, nel tempo, ho cominciato a fare di tutto, balletti, stacchetti, valletta, figurante. Ma quello che desidera-

vo di più era parlare, e per riuscirci nella puntata domenicale sul calcio mi sono inventata il personaggio della tifosa del Brescia. C'erano trenta, quaranta secondi a disposizione, davvero poco, ma avevo ideato dei piccoli tormentoni: le poesie in rima e i rebus a tema calcistico. Con il tempo si sono accorti che ero sveglia.

C'erano i raccomandati, come in ogni posto, ma non ci badavo. Non ho mai provato rabbia o rancore verso i raccomandati. Penso alla mia strada, ai miei obiettivi e per quelli sbattaglio.

Un giorno il presentatore della trasmissione domenicale ha detto: «La Toffa mi prenderà il posto».

Dopo quattro anni conducevo.

13

L'arte di ingegnarsi

A Telesanterno non c'erano possibilità di crescere e quando mi sono laureata sono tornata a Brescia. Ma ormai sapevo dove cercare.

Ho mandato uno *showreel* che mi ero montata da sola a tutte le televisioni locali, Telecolor, Teletutto, PuntoTV e ReteBrescia. Dopo dieci giorni ho ricevuto una chiamata: «Sei in gamba, nello *showreel* c'erano un paio di idee interessanti».

E così è partita la mia avventura a ReteBrescia.

Questa volta ero più smaliziata e ho cominciato da subito con un taglio giornalistico. Dopo qualche settimana confezionavo i servizi del telegiornale e conducevo l'edizione della sera.

Succedeva tutto la mattina, le conferenze stampa, le dichiarazioni dei carabinieri e delle altre forze dell'ordine. Solo che il primo TG era alle 13 e bisognava rientrare, scrivere i pezzi e montarli.

La mattina uscivo io, perché ero la più veloce. È sempre stata una dura lotta tra il voler fare un lavoro di qualità, i pochi mezzi a disposizione e la mole di cose da produrre. Bisognava portare a casa tanti servizi, perché dovevano riempire tutte le edizioni della giornata. Allora mi inventavo degli escamotage.

Non avevo il tempo di fermarmi a tutte le conferenze stampa, così, con la scusa che dovevo andare, indicavo agli addetti stampa chi mi interessava e me lo facevo portare fuori per intervistarlo al volo. Alla fine mi conoscevano e quando mi vedevano arrivare mi chiedevano subito di chi avessi bisogno.

Durante le interviste avevo escogitato il trucco del cubo del microfono, la parte in plastica su cui è stampato il logo dell'emittente. Siccome mi capitava di fare anche cinque o sei interviste in una sola mattina, sapevo che non sarei riuscita a ricordarmi il contenuto di tutte e non avrei di sicuro avuto il tempo di riguardarle per intero in fase di montaggio. Così, quando la persona diceva qualcosa di interessante, giravo il cubo del microfono dalla parte del logo della rete televisiva, in modo da poter riconoscere subito i momenti salienti durante lo scorrimento veloce.

Se, mentre scrivevo il servizio, vedevo nel girato quattro giri di cubo, partivo dall'ultimo. Se segui il filo dell'intervista il pezzo è piatto, non ha tiro. Io facevo sempre in modo di partire con il *live* e la voce viva dell'intervistato, poi attaccavo il mio *voice over* registrato: "Sono le parole dell'assessore all'urbanistica della città..." poi di nuovo il *live* del secondo giro di cubo e il mio *voice over* e così via fino alla fine del servizio.

Scrivevo i miei interventi, li registravo e montavo il servizio con le immagini di copertura che avevo girato tra un'intervista e l'altra. Solo così riuscivo a confezionare tutti i servizi della giornata e a fare delle cose di contenuto, che mi soddisfacevano.

La sera poi conducevo il telegiornale e fino all'ultimo ero in sala di montaggio con le bobine, taglia e incolla, perché non c'era ancora il digitale.

Lavoravo sette giorni su sette e durante tutte le feste, solo ad agosto mi fermavo un paio di settimane.

In quei cinque anni ho imparato a cavarmela, a fare tutto, a non tirarmi mai indietro. Mi sono allenata anche da un punto di vista fisico, per riuscire a reggere ed essere sempre lucida, produttiva. Tenevo duro e mi salvava lo spirito, la buttavo sempre sul ridere.

La prima sede di ReteBrescia era senza bagni, all'interno di un centro commerciale, un primo piano con cavi ovunque, tutto fuori norma. Non c'era l'aria condizionata e così nella stanza della regia, che è piena di macchinari, d'estate facevano 60 gradi. La domenica il centro commerciale era chiuso e gli ascensori non funzionavano, per scendere e salire usavamo il montacarichi. Per anni ho fatto coppia fissa con Marco, il mio operatore. L'auto con cui andavamo a girare aveva i tergicristalli rotti e quando pioveva per vedere la strada tenevamo la testa fuori dal finestrino. La chiave d'avviamento si sfilava mentre eravamo in marcia e la macchina continuava ad andare. Non avevamo il pass per entrare in centro e prendevamo pacchi di multe, perché la gran parte delle cose succedevano lì.

Eravamo i disgraziati delle TV locali. Non avevamo niente.

Però eravamo velocissimi e bravi, e ci divertivamo come dei pazzi.

La batteria della telecamera era vecchia e teneva solo un'ora di carica, quindi dovevamo calcolare tutto al minuto: "Trenta secondi di coperture, non di più, eh!" gli dicevo e lui preciso faceva trenta secondi di coperture.

Un giorno siamo andati in un museo per intervistare il curatore di una mostra che avevano appena inaugurato. Mentre gli facevo domande su domande, mi sono voltata e ho guardato Marco, ho capito al volo che gli si era spenta la telecamera perché la batteria era morta. Il curatore era così appassionato che mi dispiaceva interromperlo e in più mi vergognavo della povertà dei nostri mezzi, così ho fatto finta di niente e sono andata avanti. Marco, esasperato, se n'è andato e ci ha mollato lì, ma il curatore ha continuato a parlare imperterrito anche quando non c'era più nessuno a riprenderci. Ne abbiamo riso per anni.

Situazioni come quelle delle televisioni regionali ti svegliano molto, ti devi smaliziare, devi cercare un compromesso tra la scarsità di mezzi e la voglia di fare cose di qualità. E questa tensione non cambia anche quando vai in contesti più grandi, solo che si alza l'asticella, la posta in gioco, la visibilità.

I problemi e gli imprevisti sono sempre quelli. Sgobbi come un matto, devi essere allenatissimo, nel corpo e nella mente.

L'imprevisto ti scombussola e la professione che faccio è piena di imprevisti, anzi il mio lavoro consiste nell'affrontare gli imprevisti. Ed è la cosa che mi dà più gusto.

Una sera il capo di ReteBrescia mi chiama: «Mio figlio ha la febbre».

«Quindi?» gli rispondo.

«Non può condurre "Essere e benessere".» Era il talk show di punta della rete e da sempre lo gestivano come un gioiellino di famiglia. «Quindi lo conduci tu.»

Conducevo il telegiornale, ma stare seduta in mezzo agli ospiti come padrona di casa era tutt'altra cosa, per di più dal vivo. Non l'avevo mai fatto in vita mia.

«Va bene» ho detto senza un secondo di esitazione, se ci avessi pensato troppo mi sarei aggrovigliata intorno ai "se" e ai "però".

È bastata una puntata e mi son detta: "È il mio lavoro".

La sensazione è stata di essere perfettamente a mio agio, in armonia con tutto quello che stava dentro e fuori di me, quasi uno stato di grazia. La diretta non mi galvanizza, non vado su di giri, semplicemente mi fa sentire a casa.

14

Galeotto fu l'aspirapolvere

Stavo da quattro anni a ReteBrescia quando, un lunedì d'agosto, è venuto a bussare il rappresentante di un aspirapolvere. Vivevo insieme al mio fidanzato dell'epoca, che in quel momento non era in casa.

Faceva caldo e mi dispiaceva lasciare quel ragazzo fuori a sudare, così l'ho fatto entrare. Aveva più o meno la mia età e un'aria sveglia. Gli ho detto subito che non avrei comprato niente, ma se gli andava gli avrei dato un po' d'acqua e un caffè della moka. Ha appoggiato a terra tutto il suo armamentario e ci siamo seduti al tavolo della cucina, subito ho attaccato a chiacchierare. Gli ho raccontato del mio lavoro in televisione, del fatto che i mezzi erano pochi e alla fine me la sbrigavo quasi da sola e riuscivo a far quadrare sempre tutto. Mi rendevo conto che più parlavo del mio lavoro più mi entusiasmavo e forse anche lui se n'era accorto.

Mi ha ascoltato in silenzio e alla fine se n'è uscito così: «Tu saresti perfetta per "Le Iene"».

L'ho guardato.

«Conosco uno che ci lavora e dice che fanno tutto da soli. Da quello che mi hai detto, tu saresti perfetta.»

Non ci avevo mai pensato prima, ma nel momento in cui l'ha detto ho sentito subito che era la cosa giusta per me. Da quell'istante ho iniziato a pensare che cosa potessi portare, perché ci volevano delle inchieste, qualcosa con cui presentarmi, e i servizi che avevo fatto per ReteBrescia non erano adatti. Ci voleva una cosa forte.

Ci ho impiegato un anno intero, scrivevo e giravo le inchieste nei tempi morti. Sono riuscita a metterne insieme quattro, erano abbozzate, filmate in modo raffazzonato con una telecamera povera, però in ognuna c'era una piccola idea. Alla fine ho scelto quella che mi convinceva di più, era un servizio su un liceo di Brescia, la segnalazione me l'aveva fatta mia sorella Mara che ci insegnava.

Ho cercato in rete il numero de "Le Iene" e ho chiamato. Mi ha risposto una donna, una segretaria di redazione credo, e senza farla parlare le ho detto chi ero, cosa facevo e poi le ho chiesto se poteva passarmi Davide Parenti. Avevo il cuore in gola.

«Adesso non c'è, puoi provare a richiamare nei prossimi giorni.»

Ho aspettato una settimana, ormai avevo deciso, dovevo assolutamente mostrargli il mio lavoro.

Dopo sette giorni esatti ho richiamato e sono andata dritta al punto: «C'è Davide?».

Non so nemmeno chi mi aveva risposto: «Sì, te lo passo».

Mi ricordo ancora dov'ero, stavo in un piccolo ufficio in mansarda, ricavato dalla camera da letto della sorella del mio fidanzato. Camminavo avanti e indietro per scaricare la tensione e ci mettevo talmente tanta foga che avrei potuto scavare un solco.

«Chi mi cerca?»

All'altro capo del telefono Parenti aveva risposto. Sono andata dritta come un treno: «Mi chiamo Nadia, chiamo da Brescia, lavoro in una TV locale e ho girato una piccola inchiesta».

«Su cosa?»

«Sulla scuola, mia sorella fa la professoressa e ci sarebbe un fatto interessante da tirare fuori.»

«Va bene. Quando vieni a farmela vedere?»

Non ci credevo, davvero mi stava chiedendo di portargli la mia inchiesta? Subito ho sparato: «Anche domani».

«Va bene, ti aspetto alle tre. Ti faccio l'ingresso. Ciao.»

E ha chiuso. Ho buttato il telefono sul divano e ho urlato come una pazza, meno male che il mio fidanzato non c'era. Poi mi sono messa a saltellare per tutta la casa, non ci credevo. Non riuscivo a realizzare che fosse stato così facile.

Il giorno dopo mi sono presentata con due ore di anticipo. Era fine maggio, stavo per compiere 30 anni e stavo per incontrare Davide Parenti.

15

I bucaneve

«Cioè, è una merda, che cazzo è 'sta roba?»

Aveva i piedi sul tavolo, le scarpe da ginnastica e una maglietta bianca con il ponte di Brooklyn stampato sopra.

Mamma, che soggezione avevo.

«Tu sei buona per le televendite.»

Davide era spietato, ora si è ammorbidito, nove anni fa era capace di parlarti con una durezza a cui era difficile tenere testa.

Una sentenza del genere avrebbe potuto abbattermi completamente, detta da lui, poi, una persona che stimavo sopra le altre.

Sono uscita e mi sono detta: "Gliene porto un'altra". Non era spirito di rivalsa, era che mi sentivo giusta per quel lavoro, sapevo che era il mio posto.

Ho lavorato tutta l'estate e a ottobre gliene ho portata una nuova. Anche quella era "una merda", come la prima.

A marzo mi sono presentata di nuovo.

«Cioè, è inutile, non è il tuo mestiere.»

Ogni volta mi scoraggiava con motivazioni diverse e mi concedeva sempre meno tempo. Non ho mai tentennato, volevo spuntarla a ogni costo.

A giugno l'ho cercato ancora. Avevo preparato un servizio sugli alcol tester portatili che venivano dati in regalo coi settimanali. Volevo vedere se erano davvero attendibili. Per fare una prova comparativa avevo bisogno di quello ufficiale della polizia, avevo contattato la ditta produttrice per farmene prestare uno, ma non me lo volevano dare. Così avevo messo in piedi un cinema incredibile, dicendo che dovevo fare un provino per "Le Iene" e che ero a un soffio dal farmi prendere, alla fine per sfinimento me ne avevano dato uno. Avevo fatto ubriacare degli amici e poi li avevo testati con i due apparecchi, dimostrando che quelli dei giornali non funzionavano.

Questa volta avevo in tasca una cosa davvero forte. L'ho chiamato.

«Ancora tu?»

Oltre alla scocciatura percepivo un sottile divertimento, non perché provasse gusto a farmi soffrire, ma perché non mollavo e credo che la cosa gli piacesse.

«Stavolta ho una bomba, vedrai, è fortissima!»

«La redazione adesso è chiusa, sono tutti in vacanza.» Ha fatto una piccola pausa prima di dire: «Se vuoi, puoi venire a casa mia».

E mi ha dato il suo indirizzo. Non me lo sono fatto ripetere due volte, il giorno dopo mi sono presentata alla porta. Mi ricordo ancora com'ero vestita, avevo una maglia color corda, tribale, con una catenina attaccata, jeans larghi a pinocchietto e dei sandali di cuoio; a ripensarci ora sembravo scappata da una riserva indiana. Mi ha messo a tagliare i pomodori e mentre preparavamo il pranzo gli raccontavo dell'orto che avevo in montagna da mia nonna, dell'asina e le galline. E mi sembrava che gl'interessasse molto di più il mio lato agreste che la faccenda delle inchieste.

Alla fine del pranzo mi ha detto: «Va be', vediamo 'sta merda».

Siamo andati in un ufficio dove c'era un computer. Ho preparato tutto e ho fatto partire il filmato.

Lo guardavo mentre le immagini scorrevano, era una sfinge. Alla fine ho spento e ho aspettato che dicesse qualcosa. Restava in silenzio e guardava il monitor nero.

Poi ha preso il telefono: «Ciao sono Davide, lo so che la sartoria è chiusa, però...».

Mentre parlava si è voltato verso di me e mi ha sussurrato: «Che taglia sei?».

Non ci volevo credere, ho esitato prima di rispondere: «Quaranta».

Stava parlando della mia divisa da Iena.

Quando ero piccola, passavamo il Natale in malga, dalla nonna. Capitava che i prati fossero tutti bianchi, immersi nel silenzio. Mi piaceva camminarci da sola e qualche volta, quando ero fortunata, mi imbattevo in una famiglia di bucaneve. Ogni volta mi meravigliavo di vederli lì, diritti, in grado di resistere al brutto tempo, alla poca luce, alle gelate più rigide. I loro boccioli, in apparenza fragili e piegati verso il basso, erano capaci di compiere un miracolo, fiorire in inverno.

Ogni volta che ripenso alla mia vita e a tutto quello che è successo, mi ricordo dei bucaneve, della loro audacia e del fatto che i miracoli accadono.

16

L'inferno

A settembre mi hanno chiamata, la divisa era pronta. Sono andata a ritirarla ed ero così emozionata che non sono riuscita a indossarla subito, l'ho tenuta qualche giorno nell'armadio, avvolta nella plastica. Poi una sera ero in casa da sola e mi sono decisa. Quando ho finito di annodarmi la cravatta, mi sono guardata nello specchio, ce l'avevo addosso finalmente, ero io.

Carica come una molla, ho ripreso in mano il servizio degli alcol tester e ho provato a rigirarlo, ma non è andato in onda per un problema legale.

Da lì l'inferno.

Ai tempi, nella redazione de "Le Iene" eri abbandonato a te stesso, nessuno ti spiegava come o che cosa fare, ti dovevi arrangiare, perché gli autori e i redattori erano pochi e l'olimpo degli inviati, Lucci, Golia, Viviani, Nobile, doveva andare in onda sempre. Le ore di programma da riempire erano due, non sei come adesso, e per ritagliarti uno spazio dovevi avere una bomba, soprattutto se arrivavi dal niente, come me. Allora, andare in onda era davvero una conquista.

Mi hanno dato una microcamera e mi hanno detto: «Vai».

E lì è stato chiaro che dovevo guadagnarmi ogni singolo centimetro. Non avevo nessun autore con me, nessun operatore, nessun infiltrato. Facevo tutto da sola, m'infiltravo, scrivevo i pezzi, giravo. Una libertà e un vuoto totale, a volte mi galvanizzava, a volte mi faceva sentire completamente spersa.

Avevo mollato ReteBrescia, perché un'occasione così volevo giocarmela fino in fondo, e andavo avanti e indietro da Brescia a Milano, perché i soldi per trasferirmi non li avevo. A "Le Iene" ti pagano a pezzo e quindi finché non fossi andata in onda non avrei visto un soldo. Avevo 5000 euro da parte e ho vissuto con quelli.

Le cose a casa non giravano bene, il mio fidanzato dell'epoca vedeva che faticavo come un somaro, i mesi passavano e non succedeva niente. In compenso io non c'ero mai.

Ha cominciato a dire che era un'impresa impossibile e che ormai ero ossessionata, era diventata una fissazione e stavo perdendo il mio tempo.

I fatti sembravano dargli ragione, eppure dentro di me sapevo che non era vero. Non era una fissazione: quando gli altri si fermano, io vado avanti. Sono programmata in questo modo.

La notte, quando rientravo a casa sulla Milano-Brescia, chiamavo mia madre al telefono: «Mi fai compagnia mentre guido?».

«Certo, tesoro.»

Aspettavo qualche minuto prima di arrivare al dunque: «Mamma, dici che ce la farò?».

«Datti tempo, le cose importanti non esplodono all'improvviso.»

«E coi soldi come faccio?»

«Aspetta ancora, non avere fretta, se proprio dovessi essere in difficoltà ti passo io qualcosa senza dirlo a nessuno. Poi, se tra un anno non è cambiato niente vuol dire che non è la tua cosa e ce ne sarà un'altra che ti aspetta dietro l'angolo.»

Mi sosteneva, mi infondeva fiducia. Ogni tanto mi dice che ha sempre saputo che prima o poi sarebbe successo qualcosa, perché vedeva in me le qualità e anche una passione, una determinazione feroce. Doveva solo arrivare il momento buono in cui tutto si sarebbe allineato, lei ci ha sempre creduto, forse anche più di me.

È stato l'anno in cui ho suonato tutti i campanelli e non mi voleva nessuno, può capitare a chiunque nella vita di provare questa sensazione. Ero pronta ad accettare di rimanere fuori, ma non senza essere sicura di averle provate tutte. Per un anno intero non è successo niente, a volte mi scappava qualche lacrima, ma la mattina successiva ero già in autostrada.

Non avevo le carte in regola per diventare una Iena, ero una donna, non troppo appariscente, non avevo un curriculum di prestigio, non avevo avuto nessun vero maestro che mi insegnasse il mestiere. Avevo solo una straordinaria capacità di resistere e attendere, ero forgiata per questo. Mi sentivo come un fiume largo, sulla superficie potevo essere increspata dal vento ed esposta a tutte le correnti, nelle profondità scorrevo calma e imperturbabile.

A febbraio ho mosso un passo, è andato in onda un servizio di due minuti sulla TIA, una tassa sui rifiuti che poi è stata dichiarata incostituzionale. È stata una cosa piccola, ma mi ha dato coraggio e un po' di respiro con i soldi.

La prima vera bomba è arrivata più tardi, a maggio, quando sono incappata in qualcosa di bizzarro. Grazie alla mia fisicità sottile e acerba sono riuscita a infiltrarmi in un gruppo di ragazzini "emo", in gran parte minorenni. Con loro ero entrata a feste private dentro alcuni locali, dove facevano sesso, a volte anche con adulti.

Sentivo di avere in mano una storia forte, mi sono fatta coraggio e ne ho parlato con uno degli autori senior, mostrandogli alcune immagini che avevo girato con la telecamera nascosta.

Alla fine dei video mi ha detto: «Lascia perdere, il pezzo non c'è e in più sono minorenni, avremo di sicuro problemi legali».

Non ci ho dormito due notti e alla fine ho deciso di seguire l'istinto, il pezzo c'era e sarei andata avanti comunque. Ho continuato a girare per tutto giugno e d'estate mi sono premontato il servizio da sola in modo rudimentale, in analogico, come avevo imparato a fare a ReteBrescia.

A settembre avevo in mano qualcosa di più strutturato e sono andata da un autore nuovo, giovane: «Matteo, senti, io ho questa roba, cosa ne dici?».

Lui l'ha guardato tutto dall'inizio alla fine, poi mi ha detto: «È fortissimo».

Bingo! Avevo trovato qualcuno che credeva nel pezzo e mi avrebbe aiutato a sistemarlo. E così è stato. Il servizio era già tutto girato, lui l'ha montato in modo accurato, ha messo le musiche, le grafiche, ha trovato un titolo, insomma me l'ha impacchettato tutto per bene. E poi l'abbiamo portato a Davide. Era fine settembre 2010.

Durante la messa in onda, mentre il servizio veniva proiettato nello studio con tutto il pubblico seduto, non ce l'ho fatta, me ne sono andata prima che finisse, avevo paura dell'applauso delle persone, di un'emozione così forte che avrebbe potuto travolgermi. Sono scappata in regia e quando Davide mi ha visto ha detto a tutti: «Questo è il primo servizio della Toffa!».

Se chiudo gli occhi riesco a vederli ancora tutti lì, in piedi che mi sorridono e mi battono le mani.

Quando ti sei guadagnato una cosa non te la scordi più. A me è sempre piaciuto guadagnarmi le cose. È come vincere una gara quando ti sei allenato oppure passare un esame dopo che hai studiato, non hai fregato nessuno, non sei stato furbo. Certo, c'è anche la fortuna, una magica coincidenza di tanti fattori, però l'impegno per me è stato sempre tutto, una sorta di profondo rispetto per il lavoro, lo sforzo. Con le cose che mi appassionano non mi risparmio. Se prendo in mano un tema è perché lo sento al cento per cento. È vero che poi guadagno anche, però non sono i soldi o la popolarità a farmi scatenare, è il desiderio di dar voce a qualcosa o qualcuno.

Mi ha insegnato tanto lo sport agonistico, la ginnastica artistica. Ti rendi conto dei tuoi limiti, di dove puoi arrivare e di quanto conta l'impegno per farlo.

Una sera sono stata alla Scala a vedere un balletto e di fronte ai corpi allenati e pieni di energia dei danzatori ho pensato: "Questi puntano alla perfezione, puntano a fare il meglio di se stessi". Ho immaginato la fatica quotidiana, la devozione alla disciplina che si sono scelti. Alla fine ognuno di noi ha la sua chiamata e di ogni cosa, nella vita, si può tentare di farne il meglio che si può.

17

Stappare una bottiglia

Dopo la messa in onda del servizio è esplosa una bomba, come avevo intuito e come aveva predetto Matteo. Moltissimi giornali hanno ripreso la notizia, le persone cercavano il filmato per vederlo online e subito il numero delle visualizzazioni è salito alle stelle.

Davide ci ha convocati nel suo ufficio e ci ha chiesto di andare avanti sul filone. Significava un secondo servizio, una seconda messa in onda. Io e Matteo abbiamo esultato in silenzio appena chiusa la porta, avevamo infilato la palla in rete.

Siamo partiti per raccogliere altro materiale, questa volta aiutati dalle centinaia di segnalazioni e testimonianze che erano arrivate in redazione. Molti ragazzini avevano riconosciuto i posti, le situazioni mostrate nel servizio e avevano avuto il coraggio di uscire allo scoperto. Siamo riusciti ad arrivare all'organizzatore dei festini, un uomo di quarant'anni che sapeva come adescarli. Fuori da una discoteca, diversi ragazzini ci hanno raccontato di come li attirava con la promessa di avere *free drink*, se li portava a casa, dritti nel suo letto, e aveva rapporti sessuali con loro mentre si guardava nello specchio appeso al soffitto.

Alla fine, l'organizzatore ci ha chiesto di poter parlare ed è venuto da noi, nella tana del lupo, per farsi intervistare da Parenti, il lupo in persona. Gli ha chiesto conto di quello che faceva, e dopo un'ora l'organizzatore ha cominciato a tentennare e a fare parziali ammissioni. In quel momento io e Matteo ci siamo guardati, eravamo ammutoliti, Davide aveva fatto un vero capolavoro.

Dopo la messa in onda dell'intervista è stato il delirio, la furia delle persone a casa si è scatenata contro quell'uomo. Sono arrivate tonnellate di insulti di una violenza inaudita, fino alle minacce di morte. Per me è stato un brusco risveglio, non avevo messo in conto questo risvolto della faccenda. In quel momento ho preso coscienza del potere che avevo in mano. Quando mandi in onda qualcuno tutti sono pronti a infilzarlo col forcone, è tremendo, ma è così. Da lì in poi mi sono data una sorta di regola di precauzione nei confronti delle persone coinvolte nei servizi.

Se scegli deliberatamente di fare televisione e di esporti, sai che cosa comporta e accetti tutto quello che arriva, gli insulti e la gratificazione. È un patto tacito. Ma se sei tu a mettere qualcuno nella scatola magica, senza che lui lo voglia o lo sappia, devi essere attentissimo a tutelarlo. Sembra un paradosso, perché lo stai beccando con le dita nella marmellata, ma nel farlo devi avere l'accortezza di metterlo al sicuro dalla violenza della piazza.

Il servizio sul mondo degli emo è stato come stappare una bottiglia, da lì in poi sono andata sempre in onda, tutte le puntate, per nove anni.

Ho cominciato a conoscere i meccanismi della redazione, osservavo e capivo senza che nessuno m'insegnasse come muovermi. Fare "Le Iene" è come stare nella giungla.

Davide nelle interviste dice sempre: "Cosa serve per fare la Iena? Resistere".

È una selezione naturale, lui non caccia nessuno, chi non ce la fa è perché molla, non tiene il passo. Se non sei allenato per la maratona ti fermi prima, da solo, senza che nessuno ti costringa a uscire dalla pista.

Da noi c'è tutta gente di talento, il talento è la base, però non basta, devi avere resistenza fisica e psichica, una tenacia fuori dall'ordinario, una smisurata fiducia in te stesso, anche se tutto fuori ti urla il contrario. Nel nostro lavoro chiediamo alle persone di credere a quello che diciamo e mostriamo, non possiamo farlo se non siamo in grado di credere in noi stessi.

18

Finalmente un maestro

Con quei servizi mi si è aperta una porta, ma la salita non era finita. Quando cominci ad andare in onda, entri nell'agone, ti danno la lancia, lo scudo e inizi a combattere per restare in gara. Le difficoltà aumentano, perché ti prendi sempre più responsabilità e vuoi migliorarti, alzando il livello di difficoltà. Nessuna discesa, anzi. Cominci a giocare con quelli più bravi, più attrezzati, e così cresci anche tu.

Quando Davide ha capito che valevo il tempo che spendeva per me, mi ha insegnato un sacco di cose. In una produzione articolata e corposa come "Le Iene", il tempo per ogni cosa è limitato, bisogna confezionare sei ore di programma ogni settimana e ogni settimana devono essere sei ore che puntano alla qualità. Lui governa la barca e per avere la sua attenzione e il suo tempo gli ho dovuto dimostrare che valevo.

Una volta, tra le righe, mi ha detto che non credeva in me, che mi aveva frainteso. In quell'anno gli ho dimostrato che ero giusta.

Da lì è cambiato, stavamo in montaggio insieme, lui faceva i tagli e quando gli chiedevo perché, mi spiegava ogni cosa con pazienza. Avevo fame di capire, di imparare, e questa cosa gli piaceva.

Seguire il montaggio mi è servito tantissimo, perché è un lavoro pienamente autoriale, dove il taglio decide il senso di quello che si vede. È con il montaggio che tutto prende una forma definitiva.

Vedere il girato poi mi aiutava a migliorare i *live*, Davide mi faceva vedere gli errori nel linguaggio, nell'atteggiamento, nelle intenzioni. Mi insegnava come pormi per essere efficace e mai saccente o aggressiva o pretenziosa. Imparavo davvero il mestiere.

Con il tempo ho scoperto di avere una memoria formidabile, quasi mostruosa. Quando il montatore preparava un'intervista e la riduceva da sessanta minuti a quattro, io sapevo se mancava qualcosa e potevo dirgli dov'era e le parole dell'intervistato. Quando qualcosa mi colpisce, mi s'imprime a fuoco nella memoria.

Oggi voglio che il taglio di un servizio mi rappresenti e so come ottenerlo, che cosa m'interessa di quell'intervista ancor prima che il montatore ci metta le mani. Ci sono voluti anni per arrivarci, ore e ore di girato, di esperienza sul campo.

Quando ho scoperto di avere il cancro, per prima cosa ho chiesto al medico se avrei potuto continuare a fare il mio lavoro con la stessa presenza e lucidità di prima e lui mi ha detto che, in tutta onestà, non aveva una risposta definitiva alla mia domanda. Eppure, anche in quel momento, non ho mai pensato che la malattia avrebbe potuto mettere in pericolo il mio lavoro. Non ho avuto paura.

Ancora adesso non so cosa rispondere alla domanda: "Di che cosa hai paura?". Dopo il cancro e dopo aver sfiorato la morte, sento che non ho paura di niente, ma non perché mi credo invulnerabile. Sono piena di fragilità, eppure più di tutto è vivo in me il desiderio di conoscere le cose, ed è così forte e assoluto che non lascia spazio a nient'altro.

Se mi avessero detto che l'operazione a cui mi dovevo sottoporre avrebbe potuto procurarmi lesioni permanenti, forse avrei preferito morire.

Per questo ho ringraziato quando non mi sono trovata di fronte a questo bivio, perché non vorrei mai dover scegliere tra le due alternative: sopravvivere con una menomazione o morire. Preferisco che la vita vada dove deve andare.

Le cose accadono e io le prendo così come vengono. Mi preoccupa la tendenza della società contemporanea a cercare la perfezione, il benessere a tutti i costi, mi rende inquieta.

Questo non significa che vado a cercarmi di proposito situazioni dolorose o rischiose, solo mi piace il fatto di non poter scegliere, di non poter evitare esperienze che sembrano negative. Se fosse dipeso da me, non sarei incappata in un sacco di situazioni incredibili, perché nessuno sceglie deliberatamente di mettersi in difficoltà.

Sono contenta di non poter decidere il corso degli eventi, perché perderei le scoperte che a volte si nascondono fra le ombre del destino.

La vita di ciascuno di noi è costellata di eventi che in prima battuta sono stati delle delusioni, e invece poi hanno portato a una rinascita, a un nuovo equilibrio.

Penso che ci sia un ordine più saggio, che governa il mondo e di cui spesso ignoriamo il senso, la prospettiva. Per questo ho una grande fiducia, mi alzo sempre col sorriso. Certo che preferisco il sole, ma quando ci sei in mezzo scopri che anche la neve ha la sua bellezza, e invece, se fosse stato per me, magari non l'avrei mai fatta cadere.

Qualche giorno fa ho sentito al telefono la mia nipotina: «Zia, ho preso quattro».

Era preoccupata.

«Tutti noi ci siamo passati, amore. Tutti abbiamo preso quattro, poi quando recuperi e prendi otto è ancora più bello.»

Non bisogna anestetizzarsi di fronte alle difficoltà o cercare a ogni costo di evitare il fallimento.

Quando ero piccola era pieno di cani senza guinzaglio e nessuno mi diceva di non avvicinarmi, me la cavavo lo stesso per conto mio. C'era meno apprensione, più libertà, la dignità di poter sbagliare. È bellissimo poter sbagliare, se mi guardo indietro rifarei tutto.

Mi guardo indietro per andare avanti.

19

Quando tutti i pezzi vanno al loro posto

Poi c'è stata la mia prima vera inchiesta, ed è stato un colpo di fulmine.

Mi è capitata tra le mani la segnalazione di una farmacista che denunciava un fatto molto grave, sosteneva che la sua titolare truffasse lo Stato, in modo continuativo e sistematico. Ho pensato a quale autore potesse funzionare meglio, perché intuivo già che sarebbe stato un tipo di servizio diverso dai precedenti e mi serviva qualcuno di solido. Eppure non sono andata sul sicuro scegliendo un autore senior, con esperienza, ho seguito l'istinto e l'ho chiesto a Marco. Era uno junior come me, ma aveva le qualità giuste, precisione, prontezza e il mio stesso senso dell'umorismo.

La farmacista raccontava di un sistema ben rodato, che andava avanti da anni con la compiacenza di un gruppo di medici del territorio. I dottori scrivevano prescrizioni di farmaci per alcuni loro assistiti, senza che questi lo sapessero o ne avessero bisogno. La titolare, insieme alla figlia, rastrellava tutte le ricette, toglieva le fustelle (il bollino di tracciabilità) dai farmaci prescritti e li apponeva sulle ricette, in modo che fossero rimborsati dal Servizio sanitario nazionale. Poi tentava di vendere al banco il farmaco senza fustella, così da incassare due volte per lo stesso prodotto, una volta dallo Stato e una volta dalla persona che lo acquistava. Se non riusciva a venderli se ne liberava, li chiudeva nei sacchi neri dell'immondizia e li seminava nei raccoglitori per i farmaci scaduti fuori dalle altre farmacie. Passavano tutto il giorno a defustellare e incollare, una catena di montaggio continua.

Era un'accusa molto grave – truffa ai danni dello Stato – e in più dall'altra parte c'era un gigante, Federfarma.

Il capo degli avvocati di Mediaset era preoccupatissimo, non si fidava per niente di me e di Marco e aveva voluto seguirci personalmente, dalla prima ora. "Dovete essere in grado di dimostrarlo in modo inattaccabile, altrimenti non partiamo nemmeno con l'impresa" ci aveva detto con tono severo.

Sapevo che quella farmacia cercava un garzone e mi è venuta un'idea: avremmo infiltrato un complice che potesse raccogliere materiale audio e video per provare quello che ci aveva segnalato la dipendente. Certo, avremmo potuto anche chiedere a lei di farlo, ma non volevamo, perché se ne sarebbero accorti e di sicuro avrebbe perso il lavoro.

Gli avvocati ci avevano detto che il complice non poteva essere uno qualsiasi, doveva avere interesse ad avviarsi alla professione, a imparare come si lavora nel retro o al bancone. In poco tempo ero riuscita a trovare un ragazzo che si voleva iscrivere alla facoltà di Farmacia e che aveva accettato di collaborare con noi.

Si è presentato al colloquio, l'hanno preso e, oltre tutte le più rosee previsioni, l'hanno messo a defustellare già dal primo giorno: "Vedi i farmaci nella scatola? Da ognuno togli il bollino e lo incolli su queste ricette".

La titolare gli ha mostrato una risma di ricette mediche, senza spiegargli ovviamente che cosa stava facendo e che stava collaborando a truffare lo Stato. Lui passava il giorno a defustellare farmaci con addosso una telecamera nascosta. La sera io e Marco andavamo a Novi Ligure a prendere il girato, con il sorriso stampato sulla faccia. Eravamo gasatissimi, ci sembrava incredibile di avere tra le mani un'inchiesta così grossa.

Guardavamo quello che il complice aveva ripreso e gli davamo indicazioni su come orientare la telecamera e inquadrare la scena, e su cosa dire. Era fondamentale istruirlo sul tipo di domande da fare, non doveva esserci insinuazione o istigazione al reato in quello che diceva, bisognava che fossero le farmaciste a spiegargli tutto in modo dritto, pulito, senza che lui minimamente le imbeccasse. Non era semplice, eravamo due teste pensanti a supporto del complice.

La parte investigativa del mio lavoro, in cui si raccolgono le prove, è sempre stata quella che amo di più in assoluto. In questo caso non era materiale "documentale", non dovevamo cercare e studiare documenti per scovare l'inganno, ma audio e video.

Quando alla fine abbiamo visto quello che avevamo raccolto, abbiamo gridato di gioia, ogni fotogramma era un giubilo di soddisfazione. Eravamo riusciti a raccogliere prove schiaccianti, inappellabili.

Ora bisognava inventarsi un modo per mettere alle strette e smascherare le due farmaciste, e contemporaneamente bisognava dare notizia del reato alle forze dell'ordine, altrimenti avremmo potuto essere accusati di complicità.

Abbiamo pensato e ripensato come fare e alla fine abbiamo messo a punto un piano diabolico, che ci avrebbe permesso di non infrangere la legge e allo stesso tempo di avere materiale per chiudere il servizio.

Il complice era sempre nel retro della farmacia, a fare il suo lavoro. Io mi sono presentata al banco, ma senza divisa da Iena (all'epoca la mia faccia non era ancora così conosciuta ed era importante fargli credere di aver di fronte una persona qualunque, in modo che pensassero di avere ancora il tempo di sistemare le cose), mi sono finta una cliente che aveva scoperto i loro traffici ed era molto arrabbiata. Marco era insieme a me e aveva addosso una telecamera nascosta. Prima le ho accusate di truffare il Servizio sanitario nazionale, poi, per spaventarle ancora di più, sono entrata nel dettaglio: «So che lì avete l'elenco dei medici!». E mi sono diretta dove avevano i nomi dei dottori, un elenco preciso, organizzato in ordine alfabetico.

Mi guardavano con gli occhi sgranati, perché conoscevo a menadito il retro della farmacia, sapevo cosa c'era in ogni cassetto, in ogni raccoglitore, su ogni scaffale. Me l'ero studiato sui filmati, insieme al complice, e avevamo disegnato una piantina dettagliatissima della scena del crimine.

Alla fine me ne sono andata, con la minaccia di denunciarle immediatamente ai carabinieri.

Appena sono uscita è scoppiato l'inferno, hanno chiuso la saracinesca e hanno cominciato a riempire interi sacchi neri, c'erano farmaci defustellati dappertutto, anche sotto i termosifoni. Il nostro complice le aiutava e riprendeva ogni cosa.

Contemporaneamente Marco, sempre con la telecamera nascosta, è corso nello studio dei medici compiacenti: «Mi manda la Franca» cioè la proprietaria della farmacia, «è venuta una ragazza e non sappiamo chi è, forse dei carabinieri o dei Nas e ha iniziato a chiedere conto dei farmaci defustellati».

Marco aveva un tono così concitato che il medico che gli era andato incontro non si è nemmeno chiesto chi fosse. Ha balbettato qualcosa e poi gli ha messo in mano un paio di scatole di farmaci defustellati: «Questi intanto prendili tu, ma non preoccuparti, non hanno prove».

Poi è andato ad avvisare una collega e si sono chiusi in una stanza, insieme a Marco. Il medico era in apprensione, la dottoressa invece si sentiva sicura della propria impunità. Anche nello studio avevano farmaci senza fustelle: «Qui ci mettiamo pochissimo a fare le pulizie e poi i carabinieri se arrivano devono avere un mandato, non è che possono entrare e fare quello che vogliono».

Si sentiva invincibile, la facevano franca da così tanto tempo che avevano perso la misura, erano spudorati. A un certo punto se n'è addirittura uscita così: «Dobbiamo stare tranquilli, ma chi è poi questa ragazza? Che prove ha? Arriva una che dice: "Gli asini volano" e i carabinieri le credono?».

Marco riprendeva tutto, implacabilmente.

È uscito con le lacrime agli occhi, piangeva dalla gioia. Queste sono le esperienze che ti legano professionalmente, perché condividi delle emozioni così intense che sono difficili da ritrovare nella vita quotidiana. Sei lì, ti guardi negli occhi e sai quanto hai lavorato perché tutto andasse per il verso giusto e la gioia è così forte che ti toglie il respiro.

Quella volta abbiamo orchestrato un capolavoro di astuzia e sincronicità. Eppure il momento migliore doveva ancora arrivare, il momento più bello della mia vita.

Dopo che me ne sono andata, in farmacia hanno cominciato a riempire scatoloni e sacchi neri di farmaci defustellati, nella foga di liberarsene. Siccome erano tanti, li hanno distribuiti ai dipendenti e anche il nostro complice ha avuto la sua parte.

Io ero in auto, ad aspettare di sapere se il miracolo si sarebbe compiuto fino in fondo, quando il telefono è squillato: «Toffa».

«Cosa?»

Il cuore mi batteva all'impazzata e lui non parlava.

«Dimmi che li hai.»

«Sììì! Due sacchi pieni!»

Due sacchi neri di farmaci buoni, non scaduti, da andare a seminare nei raccoglitori di altre farmacie. Avevamo il corpo del reato.

«Vai al tuo hotel, ci vediamo lì.»

Mentre guidavo verso l'hotel ho chiamato Davide: «Non hai idea di che cosa sto per caricarmi in macchina».

«Cosa è successo, Toffa?»

Gli ho raccontato tutto e ci siamo messi a gridare entrambi, chiusa dentro l'auto urlavo come una pazza dall'eccitazione.

Alla fine mi ha detto: «Portali subito ai carabinieri, altrimenti rischiamo di finirci dentro anche noi».

Sono andata immediatamente a denunciare tutto, la farmacia e il sistema.

Avevamo fatto un'operazione chirurgica, pignoli e attenti a raccogliere le prove senza inquinarle. La denuncia ha fatto partire subito un procedimento penale che, dopo sette anni, si è concluso con una condanna per la titolare, per sua figlia che lavorava insieme a lei, e per la dottoressa degli "asini che volano".

Sulla scia di quell'inchiesta abbiamo poi scoperto

che il sistema del defustellamento era diffuso anche altrove e avevamo fatto tremare molti farmacisti, che poi si sono dati una regolata.

Non tutti i servizi danno seguito a una condanna e a un reale cambiamento nella condotta di chi fa il furbo, quando succede è come se tutti i pezzi del puzzle andassero al loro posto e il mio lavoro ha un senso più alto, più potente.

20

Nei guai con la giustizia

Nella faccenda della farmacia, muovevamo un'accusa penalmente rilevante e molto grave. In fase di montaggio del servizio dovevamo essere impeccabili nel dimostrare che le farmaciste avevano commesso una truffa ai danni dello Stato. In alcuni passaggi si vedeva tutta l'operazione, con il nostro complice che toglieva le fustelle dai farmaci e le incollava sopra le ricette dei medici.

Di solito, quando montiamo un servizio andiamo ad accorciare e a ridurre il girato, in modo che il pubblico riesca a recepire il meccanismo senza annoiarsi. In questo caso non abbiamo tagliato e scorciato, abbiamo lasciato invece molti passaggi integrali, in modo da togliere ogni dubbio sul fatto che potessero esserci dei buchi e delle manipolazioni. Le immagini che avevamo raccolto avevano una rilevanza penale, erano una prova. Poi avremmo consegnato tutto alle forze dell'ordine, ma dalla prima messa in onda si doveva vedere che non c'erano omissioni.

La difficoltà di questo servizio non è stato lo studio dei documenti, come per esempio nel caso dei sindacati, delle pensioni, del sistema contributivo e retributivo, dove c'era una reale complessità documentale.

Qui bastava capire il sistema dei rimborsi del Servizio sanitario nazionale e come avevano fatto per sfruttarlo a loro favore. Era la scrittura vera e propria del servizio a porre delle questioni legali, ogni frase, ogni termine doveva essere inattaccabile.

Dall'altra parte c'era Federfarma, una potenza. Hanno avvocati pagati per tutelarli, e sanno che l'attacco è sempre la miglior difesa, per loro partire con un'aggressione preventiva è facile come bere un bicchier d'acqua.

Il momento dello *stand up*, quello in cui la Iena è nella stanza blu e parla direttamente con il pubblico, doveva essere perfetto come il testo di un articolo di giornale. Bisognava misurare ogni singola parola, ogni virgola, ogni inciso. E poi bisognava capire come dirlo, dove appoggiare le pause, le intenzioni. Ogni cosa poteva essere attaccata.

Poi stava a me farlo sembrare spontaneo, come la continuazione naturale di un discorso che faceva da ponte tra due momenti del girato.

Su ogni *stand up* avevamo alle costole il capo degli avvocati di Mediaset, vagliava tutto e voleva assistere mentre lo registravo nella sala blu.

In quel momento sono diventata molto quadrata sugli aspetti legali. Con Marco ci siamo resi conto della gravità della cosa, siamo diventati consapevoli di che cosa significava incappare in una querela, qual era il costo e i danni a livello personale, perché la Iena e l'autore rispondono in prima persona e quindi, prima ancora dell'azienda, era nostro interesse avere il supporto documentale di quello che sarei andata a dire in trasmissione.

Da quel servizio in poi si è rinsaldato anche il rapporto di fiducia con gli avvocati, hanno smesso di chiederci per ogni riga di un servizio il relativo documento e hanno cominciato a fidarsi di noi. Le riunioni, che erano molto lunghe e toste, sono andate snellendosi. Adesso sono tutte riunioni preventive, le facciamo prima di partire con un'inchiesta, per valutare se il rischio è percorribile. La domanda è: abbiamo possibilità di vincere se finiamo davanti a un giudice? Se la risposta è sì, facciamo il servizio, altrimenti è tutto lavoro sprecato. Se ci querelano, rischiamo tutti.

A volte la querela è usata per intimidire. Essere querelato significa che hai dato fastidio a qualcuno e se le carte sono a posto, ogni parola è supportata, hai prove audio o video, parli di un fatto senza diffamare nessuno, allora poi di solito vinci. Facendo quel servizio mi è diventato chiaro che il giornalismo è riuscire a dire il più possibile di un fatto reale, che interessa la pubblica opinione o riguarda l'interesse pubblico, senza finire nei guai con la giustizia.

21

Il mio migliore amico è un avvocato

La prima volta è stato per diffamazione. Mi hanno chiesto due milioni di euro. Non ci ho dormito per tre giorni.

In Molise avevano fatto una sperimentazione con un macchinario che obliterava le ricette mediche. Dopo che avevi apposto le fustelle, la ricetta veniva obliterata e non potevi più appiccicare niente. L'obiettivo era sempre quello di evitare le truffe legate al defustellamento dei farmaci.

E il macchinario funzionava alla grande.

Solo che a un certo punto avevano interrotto la sperimentazione e io ho cercato di fare chiarezza, di capire per quale ragione. Da Federfarma mi è arrivata una querela generica per diffamazione, non in merito a un passaggio specifico del servizio o a qualcosa che avevo detto. Ero infuriata, ero sicura di avere fatto tutto per bene, e impaurita, il mio conto in banca non avrebbe mai retto l'impatto con una condanna di risarcimento.

Sono andata dal capo degli avvocati di Mediaset. Quando sono entrata nel suo ufficio mi sono sentita stupida e piccola.

Lui ha alzato gli occhi dalla risma di carte che aveva sul tavolo: «Dimmi, Toffa».

Sono rimasta in piedi davanti a lui: «Non riesco più a dormire».

Ha capito al volo: «Siediti».

E mi ha indicato una delle due sedie che stavano di fronte alla sua scrivania.

«Devi imparare a fartene una ragione.»

«E se perdiamo?»

«Questo è il tuo lavoro. O ci fai l'abitudine o non ne esci fuori. Se vai a scardinare cose grosse ti quereleranno sempre, anche se tu non dici il falso e hai messo in fila tutto giusto.»

Continuavo a guardarlo un po' smarrita.

«L'alternativa è smetterla con le inchieste e fare servizi di altro tipo.»

E in quel momento mi è scattato qualcosa dentro, ho sentito con chiarezza che non avevo alternative. Avrei continuato a fare quello per cui avevo faticato tanto, la passione della mia vita.

Alla fine ho vinto contro Federfarma, e ho vinto anche tutte le querele successive. Significa che ho lavorato bene.

Quando mi invitano a parlare da qualche parte, dico sempre: "Il mio migliore amico è l'avvocato".

Ed è vero. Prima di ogni chiusa lo chiamo e mi consulto su come affrontare gli argomenti, sulle domande da porre, le parole da usare. Nelle chiuse non c'è solo il brivido del confronto in sé e per sé, c'è anche un risvolto legale che ti fa stare con le orecchie tese, e con le antenne dritte. Insieme concordiamo un vocabolario e una strategia.

Un servizio lo fai se trovi il modo giusto di raccontarlo, al massimo di quello che si può dire compatibilmente con tutti i documenti. Arrivi sempre al limite del querelabile, ti spingi fino al confine nel rispetto della legge e della persona. Più sei vicino al limite, meglio fai il tuo lavoro.

22

Come la coppia di poliziotti nei film americani

La mia vita è costellata di appostamenti.

Sei bloccato in un'auto e devi aspettare che il tuo uomo esca di casa o dall'ufficio o dalla palestra per sorprenderlo, metterlo alle strette e portare a casa la chiusa.

Gli appostamenti possono durare ore, a volte giorni, non sai mai se quello uscirà e quando, anche se nelle settimane precedenti l'hai seguito e ti sei fatto un'idea delle sue abitudini. Ci può essere sempre un imprevisto o un contrattempo, e il mio lavoro è adeguarmi immediatamente alle situazioni che cambiano.

Per una donna l'appostamento è più difficile, magari hai il ciclo e devi stare seduta in auto con il mal di pancia. E allora ti prepari, come se dovessi andare in battaglia, la mattina fai tutto quello che devi, perché non sai quando avrai la possibilità di andare di nuovo in bagno. Ho imparato a dire al mio corpo cosa fare e quando farlo. Sono stata forgiata dalla ginnastica artistica e dai cento metri, se c'è la gara devi dare il massimo, anche se ti sei svegliata con la dissenteria o con il mal di testa. Devi esserci al cento per cento e per farlo dai meno retta alle esigenze fisiche, alzi la soglia di sopportazione. I fatti esterni o fisici non mi hanno mai creato impedimenti, ho sempre fatto tutto anche con le mestruazioni, con l'influenza, con l'intestino sottosopra. Sono stata in diretta in studio con 39 di febbre e ho condotto la puntata con la stessa energia di quando stavo bene. È allenamento.

Anche della mia immagine non ho avuto troppo riguardo, su Google escono delle foto in cui ho dei capelli che non ci si crede, arruffati, schiacciati su un lato, appiattiti. Ho fatto degli *stand up* nella stanza blu all'una di notte, scalza, con il pigiama sotto la divisa, in alcuni non sembro nemmeno io. Era come se per certi versi non lavorassi in televisione e fossi ancora la randagia che a Bologna girava per i centri sociali. Poi quando mi hanno chiesto di condurre mi sono data una regolata, per rispetto delle persone che mi guardano da casa e dei miei colleghi, anche del regista che altrimenti dovrebbe impazzire per non farmi sembrare uno spaventapasseri. Non ho mai avuto un truccatore fino a che non ho lavorato in conduzione. Adesso per la diretta curo l'abbigliamento, mi faccio pettinare e truccare, anche se tra me e me resto la ragazza *on the road* che non pensa a come è conciata.

Durante l'appostamento non sei mai da solo, con te c'è sempre un autore. In quelle ore, bloccati dentro un'auto, seduti uno accanto all'altra, si cerca di far passare il tempo, come la coppia di poliziotti nei film americani. Si impara a conoscersi, si parla di vita, con qualcuno capita di fare discorsi intimi, a volte anche filosofici.

Io e Marco ci siamo uniti tantissimo grazie agli appostamenti.

Quello più duro è stato dalle 6 di mattina alle 9 di sera, in auto, senza esserci portati niente, né cibo né acqua, perché il nostro uomo doveva uscire alle 8 di mattina. Abbiamo resistito, perché non potevamo correre il rischio di perderlo. Siamo stati senza mangiare né bere fino a sera. Per la pipì ci siamo organizzati come succede sempre in casi simili, io l'ho fatta nascosta dietro la portiera, Marco in una bottiglietta vuota. In quelle ore è successo di tutto.

Verso le 8 e mezzo di sera ero carica come una molla, avevo continuato per ore a ripetermi il discorso della chiusa per averlo pronto, alla fine gli ho detto: «A questo punto spero che non esca, perché altrimenti lo sbrano».

E abbiamo riso come i matti immaginandoci la scena.

Per fortuna quella sera non siamo riusciti a prenderlo.

Amo il mio lavoro, perché mi porta in posti dove non andrei mai per svago o vacanza, paesini industriali dove non c'è niente se non il degrado. Scopri realtà in cui la gente è davvero tosta e si confronta con difficoltà enormi, con scenari impensabili. Con Marco ne abbiamo sentite tante di storie pesanti in zone complicate.

Quando arrivi in hotel, la sera, la prima cosa che fai è una lunga, calda doccia in cui ti strofini per toglierti tutto di dosso. E poi c'è il momento della cena, in cui prendi fiato dopo aver passato tutto il giorno a tirare, perché la priorità è chiudere il pezzo e non ti fermi mai, non esiste.

La cena è importante, perché il tempo per rilassarsi è poco e allora cerchi di trovare un autore che, oltre a essere bravo, ti sia affine. Quando scelgo con chi lavorare lo faccio anche in base a questo, perché ogni momento è vita. Molte persone si precludono certe esperienze perché si concentrano solo su obiettivi a lungo termine, e considerano il tempo che c'è in mezzo come qualcosa da far passare il più velocemente possibile. Invece ogni giorno è un giorno buono.

L'attesa durante l'appostamento è come l'attesa durante la malattia, i cosiddetti "tempi morti" tra un controllo e l'altro, tra una terapia e l'esame che dice se la terapia ha funzionato. È sempre vita, altrimenti sono giornate buttate via. E io non butto via niente.

E forse anche l'allenamento degli appostamenti mi ha aiutato nella malattia, a sfruttare a mio vantaggio tutto quello che non va secondo i piani, a riempire i vuoti e positivizzarli, altrimenti il rischio è soccombere.

Anzi, l'appostamento è più dell'imprevisto, è una limitazione della libertà, anche rispetto a esigenze fisiologiche. Se non hai una mente abituata ti può far uscire di testa.

È la stessa cosa che ho provato quando ho dovuto rimanere a casa per fare la radioterapia, per sei settimane di fila. La stagione primaverile de "Le Iene" stava per cominciare e i miei colleghi erano sparati in tutta Italia per mettere via più servizi possibili, come avrei fatto anch'io se fossi stata bene e come avevo fatto negli ultimi nove anni.

E invece mi ritrovavo inchiodata a casa, a occuparmi di una cosa che era stata l'ultima delle mie preoccupazioni, la salute. Considerando la vita che avevo fatto, mai una domenica a casa, la valigia sempre pronta accanto alla porta, sarei potuta impazzire.

Mi hanno salvato l'inclinazione personale e gli appostamenti.

23

Aria, acqua, terra, fuoco

I servizi più belli e più duri sono stati quelli sull'inquinamento ambientale: Taranto, Trieste, Crotone. Tutto è partito dalla Terra dei Fuochi, dall'incontro con don Patriciello e da un'idea di Marco.

Per un'intervista doppia su chi sarebbe stato il nuovo papa, Marco aveva chiamato don Gallo e don Patriciello. Quando l'ho conosciuto, in redazione, mi hanno folgorato la sua umanità e la determinazione incrollabile del suo sguardo: «Cosa ci fai qui? Sei una giornalista o no? Devi venire a vedere cosa succede a Caivano».

Caivano è devastata da decenni di sversamenti abusivi e la gente si ammala e muore in un battito di ciglia. Giovani, vecchi, bambini, tutti sono terrorizzati dall'idea di prendere il "brutto male", come lo chiamano ancora.

Nella Terra dei Fuochi ci volevo andare, volevo vedere com'era.

E così la settimana seguente io e Marco eravamo in Campania da don Patriciello, che ci spiegava come funzionavano le cose: «Di notte le famiglie fanno un tam tam sui telefoni, con le chat, perché c'è sempre qualcosa a cui viene dato fuoco. Mettono lo straccio bagnato sotto la porta perché magari quella notte bruciano i copertoni e loro hanno in casa i bambini e mentre dormono gli viene il raspino. Io faccio le ronde per vedere cosa brucia, se volete potete venire con me».

La notte stessa siamo andati a fare un giro con lui e Raffaele, un volontario di Legambiente che viveva lì e riceveva minacce ogni giorno per le sue denunce. Non sapevo cosa aspettarmi, ma quello che ho visto è stato terrificante.

Siamo andati subito alla Resit, una discarica abusiva che fumava da sola, da tanto percolato conteneva, a tutte le ore del giorno e della notte. E lì accanto c'era un campo di pomodori, ne ho aperto uno, era tutto nero.

«Guardate là» ci ha detto Raffaele, e ha indicato l'orizzonte di fronte a noi: «Lungo l'asse mediano che collega le campagne con Napoli è un continuo salire al cielo di rigagnoli di fumo. Vedete che in alcuni punti il fumo sale a cerchi? È il copertone che brucia. Lo usano perché va avanti a lungo a tenere il fuoco e ci puoi buttare di sopra pellami, gomma, rifiuti industriali, quello che vuoi».

Ho guardato Marco, aveva la mia stessa faccia disperata e incredula. Il buio della notte, le fiamme, il fumo grigio che si levava in alto, eravamo dentro un inferno in terra.

Mentre Raffaele ancora ci stava parlando, all'improvviso abbiamo visto le fiamme salire dalla Resit, don Patriciello stava già chiamando i vigili del fuoco.

Ho cominciato a sentire un odore acre e gli occhi che bruciavano, non riuscivo più a tenerli aperti, faticavamo a respirare.

Raffaele ci ha dato una mascherina: «Proteggetevi!».

Io e Marco ci siamo guardati, nessuno di loro aveva la mascherina, non ce la siamo sentita di metterla.

Gli occhi continuavano a bruciare come se ce li stessero scartavetrando, era l'effetto della diossina che l'incendio stava liberando nell'aria.

I vigili del fuoco ci hanno poi spiegato che era entrata una persona nella discarica e aveva bruciato il telo di copertura.

Se non vedi la Resit in fiamme e non ti bruciano gli occhi e ti manca il respiro, non puoi capire queste persone. Sono lì tutti i giorni, non hanno i soldi per andarsene, la loro casa non vale più niente, è disperazione pura. Per raccontarlo dovevo esserci stata, aver vissuto quelle cose sulla pelle, anche la paura di ammalarmi.

Quando siamo andati con don Patriciello a vedere le tavole di amianto buttate a terra in discarica – sarebbe bastato respirarlo una volta per rischiare il mesotelioma – non mi sono coperta la bocca e il naso. Mi sembrava offensivo, una mancanza di rispetto per chi vive lì sempre, i bambini che ti guardano con gli occhi sgranati e le loro mamme ammalate di tumore, i genitori che vorrebbero dar loro un futuro, portarli via, ma non ce la fanno.

La Terra dei Fuochi è un gruviera di sversamenti. Lo sversamento è come una pistola, stai condannando a morte una regione, l'ambiente, il futuro di un posto, perché tutto viene contaminato, pesce, uova, carne, verdura, frutta, le falde acquifere, l'intera catena alimentare.

È stata un'idea di Davide quella di far analizzare il terreno per vedere cosa c'era dentro e allargare la vicenda all'interesse collettivo. I prodotti locali sono esportati ovunque e, attraverso la grande distribuzione, finiscono sulle nostre tavole. La Terra dei Fuochi ci riguarda da vicino, la loro roba ce la mangiamo tutti. E l'intuizione è stata giusta, siamo riusciti a far scop-

piare il caso e ad attirare lo sguardo di tutta Italia su Caivano.

Da lì ho fatto una serie di servizi con don Patriciello e sono tornata in Campania un sacco di volte. Ogni volta ci abbracciavamo e quando lo facevamo era un dirsi senza parlare: "Dai, non molliamo".

E lo stesso è successo a Taranto, in Calabria, alla ferriera di Trieste, con l'acqua inquinata in Veneto.

Mi ricordo le prime volte che frequentavo queste zone, dappertutto sui muri vedevo la scritta 048 e non capivo. Poi ho scoperto che è il codice che il Servizio sanitario nazionale assegna ai malati oncologici per l'esenzione dal ticket. Adesso ce l'ho anch'io ed è come se la distanza da tutte le persone che ho incontrato si fosse accorciata ulteriormente. Ho ancora più voglia di lottare, di parlare, di far sentire la mia voce per ciascuno di loro.

24

Ci facciamo una foto insieme?

Negli ultimi anni, forse grazie anche alle inchieste ambientali, più intense e complesse, la mia popolarità ha avuto un'impennata imprevista.

Le persone hanno cominciato a fermarmi e a chiedermi una foto. Le prime volte pensavo che volessero gliene scattassi una, non capivo che invece ne volevano una insieme a me. E questo fraintendimento è andato avanti per qualche mese.

Il passaggio successivo è stato: "Che strano, non ho mai chiesto la foto a nessuno e se mai succedesse lo farei per qualcuno che per me è un mito". Come potevo essere un mito per qualcuno?

Non ci è voluto molto perché mi rendessi conto che le persone mi chiedevano una foto solo perché mi vedevano in televisione e allora mi sono distaccata. È un ragionamento semplice, ma quando ci sei in mezzo può diventare un terreno molto scivoloso.

Per me è di fondamentale importanza non confondere la Toffa che sta dentro l'elettrodomestico con la persona che sono. La maggior parte della gente mi chiede una foto perché sono quella dentro la scatola, è la televisione a essere potente e pervasiva, non io. Quello che mi appaga non è la notorietà, ma la bontà del mio lavoro. Il mio obiettivo è sempre stato il lavoro, le inchieste, non diventare famosa.

C'è un pericolo sottile, invisibile, nella notorietà, un momento in cui puoi rischiare di trascendere e prendere una strada senza ritorno. L'ho visto accadere ad altre persone e mi ha fatto capire che dovevo stare attenta, ci dovevo lavorare.

All'inizio ti dici: "Mi chiedono la foto perché sono quella della TV". Poi senza nemmeno accorgertene ti ritrovi a pensare: "Mi chiedono la foto perché sono io" e l'autocelebrazione diventa la tua vita. Solo che quando ti cacciano la gente comincia a chiedere le foto a un altro, quello che ti ha sostituito. Bisogna vigilare di continuo perché questo scivolamento impercettibile non accada mai. L'ho fatto ogni giorno, perché non volevo cambiare, non volevo che il mio personaggio televisivo diventasse la mia vita, non volevo perdere la mia normalità e insieme a questa le relazioni con le persone a cui voglio bene.

Non significa che in televisione non sia me stessa, anzi proprio perché sono me stessa il rischio è maggiore. Se qualcuno mi ferma per strada e mi fa un complimento o delle domande su un'inchiesta mi fa molto piacere, non perché lo fa a me, perché lo fa al lavoro. L'inchiesta era buona, è arrivata al cuore.

È importante distinguere tra notorietà e lavoro, perché una volta che ti sei identificato con la prima non puoi tornare indietro. Cominci a circondarti di persone che ti fanno sentire speciale tutto il tempo, ti compiacciono e ti trattano in modo diverso. A un certo punto pensi davvero di esserlo e che una vita facile sia la normalità, anzi ti sia dovuta.

Quando poi vieni scartato è un problema, è molto

dura. Resti solo. Per questo tendo a non frequentare gente dello spettacolo, le mie amiche sono persone normali.

Quando sono diventata popolare, ero pronta. Non so come sarei stata se mi fosse successo a vent'anni, perché è una botta che rischia di farti deragliare. Sono arrivata alla notorietà con un mestiere solido, che mi dà un sacco di forza, di radicamento.

L'appagamento mi arriva da quello che ho fatto, ho salito ogni gradino della scala, mi sono guadagnata tutto senza scorciatoie.

25
Punto e a capo

Quando sono caduta a faccia in giù nella hall di un albergo di Trieste, non avrei mai potuto immaginare nemmeno in mille vite, quello che sarebbe successo in seguito.

Mi sono ritrovata su un elicottero, stesa e legata a una barella. Ero elettrizzata, non ero mai salita su un elicottero. Il rumore delle pale, il movimento per alzarsi da terra, la velocità dell'andatura, ogni cosa era nuova. Volevo che mi facessero delle foto, perché mi piaceva l'idea di trattenere nella memoria quel primo volo.

Non ero preoccupata, sapevo che qualcuno si stava prendendo ottima cura di me e avevo molta fiducia nella mia forza. Avevo affrontato altre situazioni toste prima di quella e l'energia combattiva non mi era mai mancata.

Poi, a Milano c'è stato il primo intervento ed è stato un fulmine, tanto che non mi sono quasi resa conto di quello che stava accadendo.

Ho passato la notte in terapia intensiva e quando la mattina seguente mi hanno riportato in stanza c'era mia mamma ad aspettarmi. Ero provata e ancora intontita dall'anestesia, i medici avevano dato disposizioni di non stancarmi troppo e di far entrare poche persone per volta.

Si alternavano mia mamma e le mie sorelle. Silvia, prima di uscire, mi ha detto che erano venuti alcuni miei amici a farmi visita: «Vuoi vederli? Li faccio entrare?».

«No, voglio solo la mamma.»

Mi sentivo così fragile ed esposta che solo lei riusciva a darmi sicurezza. Ero tornata bambina o forse mi concedevo ora quello che nell'infanzia non mi ero mai concessa, di affidarmi a qualcuno senza riserve.

Mi sono svegliata e lei mi teneva la mano: «Nanetta, non c'è niente di cui aver paura».

Mi sono scese due lacrime, in quel momento ho capito di averne.

Dopo un paio di giorni mi hanno staccato drenaggi e catetere e mi sono messa subito in piedi. I medici erano stupiti dalla mia capacità di recupero: «Toffa, lei è una combattente» mi ha detto il chirurgo. Mi era piaciuto subito, avevo intravisto in lui quel mix di cinismo e intelligenza che ci aveva permesso di intenderci al volo e di farmi operare nella massima tranquillità. Mi sembrava che nell'approccio alla professione fossimo uguali.

Con il passare dei giorni svaniva l'effetto dei farmaci e comparivano il dolore e il fastidio di una condizione che non avevo mai sperimentato. Dovevo chiedere l'aiuto di altri per sbrigare le mie cose ed ero in cattività in una stanza d'ospedale.

Poi ho capito cosa era successo: avevo un cancro e me l'avevano asportato.

Non riuscivo a realizzare, mi capitava di dimenticarmene, come se fosse un sogno, non un fatto, e ogni volta che la mia mente lo rimetteva a fuoco era un colpo, come la prima volta che l'avevo sentito in bocca ai medici. Avevo il cancro.

C'è voluto del tempo perché la mia mente si abituasse alla nuova realtà. La paura ha lasciato il posto allo smarrimento, cercavo il bandolo della matassa della mia vita: da dove dovevo riprendere il filo? Ero sottosopra.

E c'era da occuparsi anche dell'aspetto pubblico della faccenda. «La notizia è dappertutto, i media sono impazziti» hanno detto Davide e Max, autore storico de "Le Iene", quando sono venuti a trovarmi in ospedale. Qualcuno mi aveva addirittura dato per spacciata e ovunque c'erano state dimostrazioni di affetto e vicinanza da colleghi, ma soprattutto dalle persone. Quando mi hanno detto che a Taranto avevano fatto una fiaccolata e pregato per me, ho chiuso gli occhi. Ho ripensato alla disperazione, al dolore che avevo toccato con mano, alle facce della gente, a chi avevo incontrato durante i servizi e che nei mesi dopo era morto, al cimitero dei bambini con le lapidi rosa, ricoperte dalla polvere di ferro e minerali. Ora ero davvero una di loro.

«Gestite tutto voi» ho detto a Davide.

«Non diciamo niente per adesso, stai riparata. Diamo solo una notizia piccola, per calmare le acque e far capire che stai bene, che ti sei ripresa. Ma non diciamo niente.»

«Va bene.»

Non riuscivo a capire quale fosse la cosa giusta da dire, non riuscivo a valutare i pro e i contro, le conseguenze della diffusione della notizia della mia malattia, non riuscivo a prevedere cosa sarebbe stato della mia vita. Di una cosa sola ero sicura, mi fidavo completamente di loro due, che avrebbero fatto tutto quello che serviva per proteggermi.

Non sapevo più dov'era il nord e il sud, mi ero persa.

Poi ho pensato a quello che dicono certi buddisti:

la vita è come una freccia, quando ti trascina indietro con le difficoltà significa che ti sta per lanciare verso qualcosa di grande.

Mi sono concentrata, ho preso bene la mira e ho capito cosa dovevo fare.

26

È la fine? No, è l'inizio

Poco prima che mi dimettessero è venuta a trovarmi Bea. Siamo come sorelle e non abbiamo bisogno di fare troppi convenevoli. Mi ha chiesto a bruciapelo: «È benigno o maligno?».

L'ho guardata, era preoccupata e aveva negli occhi un'apprensione che non le avevo mai visto. Mi conosce bene, sa che riesco sempre a cavarmela in ogni situazione.

«Perché? È importante?» le ho risposto. Ma lei non capiva.

«Un paio di settimane fa mi hanno raccontato una storia assurda. Il marito di una mia conoscente di Brescia stava pedalando sulla ciclabile, un TIR ha perso uno pneumatico, è rotolato via e l'ha preso in pieno. È morto.» Bea mi guardava ancora più stranita. «T'immagini la scena?» le ho detto.

Abbiamo cominciato a ridere come matte, con le lacrime agli occhi. Era cinico, era crudele, ma era la vita e noi ci ridevamo su.

«Cazzo, ma doveva essere proprio lì?» ha detto Bea quando ha ripreso fiato.

Le ho preso una mano: «Capisci? Ogni giorno muoiono persone nei modi più brutti, più strani, più pazzeschi. Potrei mettermi in auto per andare a girare un servizio e finire sotto le ruote di un camion. Anche la prossima settimana. Che cosa cambia se il tumore è buono o cattivo?».

Mi ha accarezzato la testa: «Sì, ho capito cosa vuoi dire».

Sapevo di non essere riuscita a convincerla fino in fondo, ma più di tutto non volevo che le ricomparisse in faccia la preoccupazione per la mia situazione.

Tutta la mia famiglia era molto scossa, comprensibilmente. Le mie sorelle erano sconvolte e mia madre aveva cominciato a chiedersi perché una cosa del genere fosse capitata proprio a me, aveva pensato a un contrappasso, a una ripicca della vita.

I medici mi avevano detto che, dopo la rimozione chirurgica, sarebbe stato necessario un ciclo combinato di radioterapia e chemioterapia, e che sarebbe durato più o meno un paio di mesi. Avrei cominciato subito dopo Natale.

Ci ho pensato e ripensato e alla fine ho preso una decisione: non avrei detto a nessuno delle terapie. La mia reazione all'intervento e il recupero erano stati davvero rapidi e avevano rinfrancato tutti quanti, sapere che non mi sarei dovuta curare avrebbe alleggerito ulteriormente il peso. Intorno a me volevo solo sguardi grintosi e pieni di fiducia. E così è stato, le persone che mi stavano intorno hanno preso la notizia come un miracolo. Sapevo che sarebbe stato così, era per questo che avevo deciso di tenerlo per me. La cosa che mi sarebbe stata più di aiuto era ricominciare con la mia vita il più presto possibile ed essere guardata come la Toffa di sempre.

Solo a mia madre ho detto la verità, perché mi aiutasse nelle cose pratiche e perché sapevo che sarebbe riuscita a gestire il peso della notizia.

Così, in silenzio, senza dirlo a nessuno, ho cominciato la chemio e le mie settimane di radioterapia, tutti i giorni, dal lunedì al venerdì.

Dopo dodici anni che non passavo una domenica a casa, sette giorni su sette in giro a fare servizi su e giù per l'Italia, mi sono ritrovata inchiodata a Milano per due mesi di fila. Mi sentivo ai domiciliari. La chemio era per bocca, quindi avrei potuto gestirla liberamente, ma la radio era come avere l'obbligo di firma. Una rivoluzione copernicana per le mie abitudini di vita, la prima di tante.

Ho capito subito che avrei dovuto attrezzarmi per far fronte alla situazione. Ancora una volta, mi è venuta in aiuto l'esperienza professionale. Mettermi nei panni di qualcun altro mi è sempre piaciuto. Nei primi servizi, quando ancora la mia faccia non era conosciuta, facevo l'infiltrata. Nel caso per esempio di un prete che diceva di togliere il demonio alle donne, mi ero messa in fila con le altre fuori dalla chiesa fingendo di voler essere esorcizzata. Parlavo con loro, cercavo di capirle e lasciavo che si confidassero con me. Per farlo dovevo fingermi un'altra persona, con una storia tutta nuova, due genitori, un lavoro, un passato. E m'inventavo tutto, nei dettagli più minuziosi.

Anche per la radioterapia ho fatto così. Mi sono presa un paio di pantaloni della tuta, una sciarpa, una cuffia di lana, una parrucca, tutto nero. Ho inforcato degli occhiali da vista e in un paio d'ore mi sono trasformata in Silvana, la ragazza timida, insicura che doveva andare ogni giorno in ospedale a farsi trattare. Era una maschera, un costume, ma mi ha aiutato a tenere la mia vita normale separata dalla nuova realtà, che non mi piaceva e che si era intromessa bruscamente.

Dopo l'ultimo trattamento, ho messo tutto quanto in un sacco e l'ho buttato nel bidone dell'immondizia. Ho detto addio a Silvana e mi è pure un po' dispiaciuto.

27

Una vita regolare

Con i capelli è stata tosta. Quando passo la mano e sento la pelle liscia ancora adesso mi dico: "Cazzo". E non è solo per la femminilità, è che ogni volta che mi guardo allo specchio, o che mi tocco la testa, la loro mancanza mi ricorda tutto quello che ho passato.

Dopo qualche settimana, la zona trattata dalla radioterapia ha cominciato a farmi male, scottava, era incandescente e prudeva. Ho passato notti intere senza dormire.

Pensandoci ora però quella che mi ha più atterrato è stata la chemio, nel momento previsto dai medici è iniziato il tracollo dei globuli bianchi. Ogni giorno mi alzavo spossata come se durante la notte avessi corso una mezza maratona. Sono tornata nello studio de "Le Iene" a una settimana dalla fine delle cure. Durante la prima diretta dovevo salire sopra una specie di cubo per fare un balletto e le gambe erano molli, fiacche. Non mi reggevano. Ho fatto una fatica estrema, sempre col sorriso. Nessuno si è accorto di nulla.

Poi, quando la curva dei globuli ha cominciato a salire, sentivo che ogni giorno recuperavo forza ed è stato bellissimo. È stato come nascere una seconda volta.

Il corpo tornava a essere quello che avevo sempre abitato, conosciuto. Tornavo a essere io.

Avrei dovuto calmarmi un pochino per aiutare la ripresa, ma avevo troppa voglia di rimettermi in pista e il mio lavoro non è un lavoro normale.

Non sono abituata a dover fare i conti con le analisi, a dover rispettare le date dei controlli. Prima di ammalarmi non sapevo mai dove sarei stata nei successivi venti giorni, cosa avrei fatto, non mi ero mai programmata nulla che andasse più in là di una settimana. Era una vita al contrario, ero abituata così e la nuova regolarità non mi si confaceva affatto.

Ho dovuto riprogrammarmi, ho fissato gli esami di controllo sempre di lunedì mattina perché, con la diretta la domenica sera, sapevo che sarei stata sicuramente a Milano. Ho fatto piccoli aggiustamenti in modo da poter rispettare appuntamenti a lungo termine. Lo faccio ancora e continua a non piacermi. Amo non programmare, non avere un'agenda fitta, ma farmi guidare dall'imprevisto.

Un'estate, viaggiavo in moto verso la Puglia e ho deciso di spezzare la traversata per non stancarmi troppo. Mi sono fermata e ho cercato un albergo dove passare la notte, come faccio sempre quando mi sposto, di solito cerco l'hotel mentre sono in treno o in aereo verso la destinazione.

Nella hall dell'albergo sono entrati due ragazzi giovanissimi, con dei trolley rigidi. Hanno salutato il receptionist come se si conoscessero già e gli hanno chiesto se l'ombrellone sarebbe stato lo stesso dell'anno precedente. Si sarebbero fermati per quindici giorni tutto incluso, colazione, pranzo e cena.

La mattina seguente sono scesa a fare colazione, i tavoli erano quasi tutti vuoti, il salone non aveva nessuna vista, quindi mi sono accomodata vicino al buffet. Dopo qualche minuto si è avvicinato un cameriere che mi ha detto piano: «Devo chiederle una cosa».

«Dimmi.»

«Potrebbe spostarsi a un altro tavolo?»

Ho guardato la sala semivuota e ho visto che la coppia dei due ragazzi era in piedi e mi stava osservando.

«Certo, non c'è problema» gli ho detto mentre mi alzavo. Lui forse per scusarsi ha aggiunto: «Vede quei ragazzi in piedi, questo è il loro posto».

Mi ha colpito molto quella giovane coppia, e non perché li giudicassi giusti o sbagliati. Semplicemente mi hanno dato da riflettere sul fatto che alcune persone traggono sicurezza dal pianificare la vita, andare negli stessi posti, sapere cosa faranno domani e cosa faranno tra un mese. Per me è il contrario, da sempre. E non ha a che fare con i soldi o la popolarità.

Viaggio da quando ho vent'anni e lo faccio in totale libertà. Quando avevo poca disponibilità, prenotavo il volo e partivo solo con lo zaino, tutto il resto era una scoperta. Anche in posti pericolosi come il Venezuela e la Colombia. Cercavo sempre di arrivare nei paesi prima che facesse buio, in modo da non rischiare, e poi cercavo la sistemazione più conveniente per dormire. In vacanza è così bello decidere all'ultimo momento, tanto ci si può adattare. Certo, se si hanno i soldi è più facile, si sceglie l'albergo più costoso, ma all'epoca non ne avevo, perciò spesso mi capitava di dormire in alberghetti dove l'acqua si scaldava con l'interruttore. Piuttosto che rischiare di rimanere fulminata preferivo fare la doccia gelata e alla fine mi asciugavo con il phon, era l'unica cosa che nello zaino non poteva mancare, me lo portavo sempre dietro.

Capitava che lungo la strada incontrassi altri viaggiatori che mi segnalavano dei posti speciali, magici, e allora mi spostavo di conseguenza, di giorno in giorno decidevo dove fermarmi e per quanto tempo. Se avessi prenotato ogni cosa dall'Italia non avrei potuto farlo e di sicuro avrei perso la gioia della scoperta. E poi, durante il viaggio la cognizione del tempo, del giorno e della settimana diventavano evanescenti. Libertà totale di seguire quello che mi andava di fare.

Tutti dovrebbero provarlo almeno una volta nella vita.

Certo, viaggiare così è più impegnativo e ora ho anche bisogno di riposo dopo aver sgobbato tutto l'inverno, quindi scelgo vacanze meno faticose, ma mi piace sempre lasciare un piccolo spazio per l'imprevisto.

Anche nel lavoro conservo il gusto della sorpresa, per esempio prima di un'intervista non voglio sapere dall'autore i contenuti o che cosa può raccontarmi l'intervistato, perché voglio restare vergine, voglio potermi stupire senza farmi condizionare da preconcetti o pregiudizi.

Se ho davanti una ragazza che è stata abusata, non voglio conoscere i dettagli della sua esperienza, voglio riviverla con lei mentre la condivide con me. L'autore conduce una preintervista e poi mi segnala se ci sono delle difficoltà, mi spiega come parla la persona, se è chiusa o meno, mi dà delle indicazioni sul suo carattere, ma non sulla storia. Tutte le domande che le faccio sono spontanee e sgorgano naturalmente da quello che mi dice. E così, ogni volta, accade che mi commuovo, provo dispiacere, mi arrabbio, sono disgustata, tutto in modo genuino. Poi, quando torno a casa, lascio che l'angoscia e l'intensità del momento facciano spazio a emozioni più leggere. Chiudo tutto dietro la porta.

È questione d'allenamento, e bisogna imparare presto, altrimenti il dolore degli altri scava un solco così profondo dentro di te da impedirti di continuare a fare il tuo lavoro.

28

Reazione avversa

A un certo punto ho dovuto occuparmi anche della Toffa pubblica. Mi chiedevo di continuo cosa fosse meglio fare, tacere oppure dichiarare la mia situazione. Nessuno sapeva ancora che avevo il cancro, la pausa invernale del programma era caduta alla perfezione, perché nel mezzo c'era stato spazio per tutto, l'operazione e le cure. Non avevo dovuto giustificare nessuna assenza, le persone sapevano che avevo avuto un malore e che mi ero ripresa. Il problema erano i capelli, mi ero fatta una parrucca molto somigliante e molto costosa, ma chi mi stava intorno, gli addetti ai lavori, i miei colleghi, se ne sarebbero accorti. Avrei dovuto raccontare delle bugie, sarebbero state innocenti, ma avrei dovuto impiegare parte della mia energia per starci dietro. Con le bugie il problema non è dire la prima, è la catena infinita che si porta dietro e che costringe a stare attenti ogni volta che si parla.

E in più non volevo fingere nemmeno un minuto con il pubblico, con chi mi aveva sempre dato credito e fiducia, c'era un patto d'acciaio tra di noi.

Ho parlato con Davide prima dell'inizio della nuova stagione: «Voglio dirlo subito».

«Toffa, sei sicura? Non sei tenuta a farlo. È la tua vita privata.»

«Non voglio andare là fuori a schivare le domande o a dire cazzate. Ho il cancro, non ho mica ammazzato nessuno.»

Davide mi ha sorriso: «Hai ragione, facciamo come vuoi tu».

Ci siamo abbracciati.

Con Max, di cui mi fido ciecamente, ho discusso su come costruire un discorso. Abbiamo fatto una piccola scaletta, ma non volevo niente di prefissato, volevo andare a braccio e seguire le sensazioni del momento.

La sera della prima puntata, nessuno, a parte Davide e Max, sapeva che avrei parlato né che cosa avrei detto, nessuno in studio, nessuno a casa.

Ho iniziato con la frase: «Ho avuto il cancro» e non so se sia stato per la mia franchezza o per il fatto che ho usato la parola "cancro", ma si è creata un'atmosfera irreale, sembrava che tutti trattenessero il respiro. Poi è stato tutto così veloce e fluido che non ricordo nemmeno le parole che ho usato, solo il calore e i sorrisi delle persone intorno a me e un senso di grande liberazione.

Il giorno seguente sono stata sommersa da messaggi di affetto e vicinanza, in una quantità per me difficile da prevedere. Allo stesso tempo ho dovuto fare i conti con quello che la mia dichiarazione aveva catalizzato.

Qualcuno ha detto che solo una persona dello spettacolo poteva avere il cancro e guarire in due mesi, come se avessi voluto trasmettere il messaggio che chi lavora in televisione è molto ricco, ha corsie preferenziali e può guarire a tempo di record. Qualcuno in rete ha messo in dubbio che fossi malata.

La reazione avversa è stata quasi irrilevante rispetto a quella delle persone che hanno mostrato partecipazione, però mi ha ferito profondamente.

Riguardando il video mi sono accorta che, presa dal bisogno di costruire un racconto che infondesse coraggio, prima di tutto a me stessa, ho parlato di guarigione, ma non nel senso che mi è stato poi attribuito. Nessuno guarisce mai dal cancro e questo lo sa chiunque ci sia passato o sia stato vicino a qualcuno che ci è passato. La vita dei malati oncologici, anche nelle situazioni più rosee, è fatta di controlli regolari, di "finestre temporali" per le recidive, di conseguenze a lungo termine delle terapie.

Avevo bisogno di mandare un messaggio positivo e il messaggio era: "Armiamoci di forza e reagiamo alla malattia", non: "Ho sconfitto il cancro, sono una vincente".

Penso che ci sia stato un pizzico di malafede nel voler travisare quello che ho detto, sicuramente poca umanità nei miei confronti. Un conto è essere critici e spietati con il mio lavoro, altro conto è la mia vita personale. E non c'entra niente il fatto che io sia un personaggio pubblico, resto sempre un essere umano. Mi sveglio la mattina, mi guardo allo specchio e sono senza capelli. La malattia è sempre con me.

Avrei accettato delle critiche se fossero state mosse in senso più ampio, sull'opportunità o meno di dirlo, sulle parole che ho usato, sul momento in cui l'ho fatto. Invece è suonato come un attacco diretto alla mia persona, è stata messa in dubbio la mia buonafede.

Ho deciso di non rispondere, perché avrei solo contribuito ad alzare un polverone più fitto, ma come persona mi sono sentita calpestata dalla violenza di certe frasi e allusioni.

Ho dovuto occuparmi anche della battaglia mediatica, oltre a quella con la malattia. Ed era proprio il motivo per cui avevo fatto il mio discorso.

Avevo invitato le persone a trattarmi con la normalità di prima, a non farmi sentire diversa, a non chiedermi come stavo se mi avessero incontrato per strada, a continuare a volere una foto oppure a parlare di qualche servizio. "Come stai?" è la domanda più brutta, perché mi ricorda continuamente che sono malata, quando vado in giro ogni venti secondi c'è qualcuno che mi chiede come sto. Siccome è più forte di me non riesco a non rispondere e divento anche brusca: «Mi hai chiesto come sto perché ho il cancro?».

«Be', sì.»

«Ma guarda, non l'avevo capito! Come ti sembra che stia?»

Qualcuno riesce a essere molto pesante, mi è capitato che mi dicessero: «Sei diventata molto famosa per il tumore».

In un ristorante, mentre cenavo, il proprietario si è avvicinato al mio tavolo: «Ma tu non sei quella del tumore?».

«Cavoli, erano almeno due ore che non ci pensavo, grazie che me l'hai ricordato.»

«Te la sei presa?» mi ha risposto, e si è allontanato.

Mi dicono cose orribili, a volte.

Poi, per qualche maleducato, ci sono migliaia di persone che scrivono messaggi meravigliosi, che pregano per me, mi fanno auguri sinceri e accorati.

Chi ci sta vicino non può mai dimenticarsi che noi malati oncologici siamo sempre al fronte e abbiamo bisogno di molta gentilezza e buonumore, abbiamo bisogno di planare sulle cose dall'alto, lievemente, senza altri macigni oltre quello della malattia.

A volte mi accorgo che starmi accanto è un compito difficile, chi mi ama sta male perché ha paura, mentre io sto male per i fatti miei e mi tocca anche vedere la sua faccia angosciata.

Per questo all'inizio sono stata molto selettiva nel condividere il mio percorso terapeutico, ho scelto chi era capace di sorridere nella tempesta, perché non potevo tollerare nessun altro dolore oltre al mio.

29
Una brutta giornata

Al primo controllo sono andata serena, erano passati tre mesi, avevo fatto un sacco di terapia, chemio e radio preventiva.

Era un sabato, mi aspettavano la mattina a Brescia per ritirare un premio e il pomeriggio dovevo tenere un intervento al Salone del Libro di Milano. Alle 18 avevo appuntamento in ospedale per la risonanza magnetica.

Mi sono fatta accompagnare a Brescia da Bea in auto. Per strada abbiamo beccato un sacco di acqua, un temporale con lampi e tuoni che riducevano la visibilità e ci facevano sentire come Noè durante il diluvio universale.

Siamo passate a prendere i miei genitori per portarli alla premiazione con noi, c'era tutta la città e ci tenevano tanto a essere presenti. Poi lì fotografie, autografi, un sacco di gente che voleva fermarmi anche solo per un saluto.

Appena finito, abbiamo caricato in auto mia madre, che sarebbe restata con me durante la risonanza, e ci siamo dirette di nuovo verso l'autostrada per tornare a Milano. Siamo arrivate al Salone del Libro al pelo, era tutto calcolato al secondo.

Quando ho finito il mio intervento, ho tirato un respiro di sollievo, ero riuscita a incastrare tutto, ora mancava solo l'ospedale.

Siamo montate in auto, Bea ha girato la chiave dell'accensione e non è successo nulla. Allora ha riprovato, niente.

Ci siamo guardate, si sentiva il ticchettio pesante delle gocce sul tetto dell'auto.

«Chiamo il carro attrezzi» ho detto. Mia madre ha guardato l'orologio: «Se intervengono nel giro di mezz'ora dovremmo farcela ad andare all'ospedale».

Aveva già lo sguardo preoccupato.

«Al limite resto io qui e me la sbrigo con l'assistenza» ha detto Bea.

Invece, quando ho chiamato il soccorso stradale mi hanno detto che avrei dovuto essere presente nel momento dell'intervento, quindi abbiamo rimandato tutto a dopo l'esame. Bea è stata tranquilla e risolutiva, un'ottima alleata in quel momento di difficoltà: «Resto io qui, voi andate in taxi all'ospedale, poi tornate e sbrighiamo tutto».

Sul taxi sentivo salire la tensione, era il primo controllo, avevo sempre avuto una fiducia incrollabile nei medici e nella mia caparbia reattività, ma era arrivato il momento della verità e in ballo c'era il mio futuro.

L'ospedale era deserto, non eravamo mai andate da sole nel reparto radiologico e non abbiamo trovato nessuno a cui chiedere indicazioni. Come ogni ospedale, anche quello era un labirinto, e così ci siamo perse.

Alla fine ce l'abbiamo fatta e siccome eravamo un po' in ritardo mi hanno preparato subito. Mi hanno messo la flebo per iniettarmi il liquido di contrasto e mi hanno infilato dentro la macchina. Ero a stomaco vuoto da quattro ore.

Sotto i suoni artificiali e metallici ho cercato di rilassarmi e dimenticarmi quanto fosse stato faticoso arrivare fino a lì.

A un certo punto ho sentito che il braccio era bagnato e anche la manica del maglione, ho pensato di schiacciare il bottone ma poi mi sono detta che avrebbero dovuto ricominciare da capo e ho preferito lasciar perdere.

Quando mi hanno tirato fuori, c'era sangue dappertutto. Mia madre si è portata una mano alla bocca, subito il tecnico l'ha tranquillizzata:

«Si vede che è uscito l'ago dalla flebo. Ma non è niente di grave.»

Ero tutta insanguinata e mia madre si è allontanata per prendere qualcosa con cui asciugare il sangue. Il tecnico si è avvicinato: «È tutto pulito, c'è solo un po' di edema, col cortisone si riassorbe. Dica al suo oncologo di scrivermi un'email, così gli spiego bene».

Ho chiuso gli occhi e ho respirato, come se fossi riemersa da una lunga apnea.

Dopo che mia madre mi ha aiutato a cambiarmi, avevamo bisogno di qualcosa di confortante e ci siamo fermate alla macchinetta del piano per prenderci un tè caldo.

«Cos'hai visto mentre eri dentro?» le ho chiesto. Avevo bisogno di un'ulteriore conferma, le parole del tecnico non mi erano bastate.

«Sono stata fuori a telefonare per mettermi d'accordo con Bea e con il carro attrezzi, quando sono entrata il tecnico che ti stava facendo la risonanza, senza che chiedessi nulla, mi ha detto che non c'è massa, è tutto pulito.»

Mi ha preso una mano e me l'ha stretta. Era felice, io non ci riuscivo ancora.

Fuori dall'ospedale non c'era nemmeno un taxi ad aspettarci, solo la pioggia. Avevamo già chiamato il carro attrezzi, che avrebbe raggiunto Bea nel giro di mezz'ora, ma dovevo esserci anch'io, altrimenti se ne sarebbe andato.

Al numero del centralino continuavano a dirmi che non c'era nemmeno un taxi disponibile, nel frattempo eravamo ormai bagnate fradice. Ne ho visto uno in lontananza, mi sono fiondata e gli ho chiesto di caricarci.

«Mi dispiace, sono in pausa.»

Ho pensato che al di là della serietà professionale ci dovrebbe essere una forma di umanità che ti trattiene dal lasciare due donne sole, al buio, sotto la pioggia battente, alle otto di un sabato sera.

Alla fine sono riuscita a prenotare una corsa, solo che ormai era tardi e non sarei arrivata in tempo per il carro attrezzi. Mentre ero in taxi, ho richiamato il soccorso stradale, ho spiegato la situazione e gentilmente mi hanno dato il numero dell'autista, in modo che potessimo metterci d'accordo sul mio orario di arrivo. Mentre pensavo che quella giornata non sarebbe finita mai, mia madre ha detto: «Non trovo più il portafogli».

«Hai guardato bene?»

«Sì, è la terza volta che controllo.»

«Dammi la borsa.»

Ho rovistato anch'io, ma del portafogli non c'era traccia. Non potevamo tornare indietro, per non mancare all'appuntamento con l'assistenza stradale: «Mamma, blocca le carte e del resto mi occupo io domani».

Ero esausta.

Una volta scese dal taxi, siamo riuscite finalmente a risolvere il problema dell'auto, è bastato attaccare i cavi della batteria e farla partire.

«Fatele fare un giro lungo e tenetela sempre in moto,

vedrete che la batteria si ricarica» ha detto l'uomo dell'assistenza, non mi sembrava vero che potesse bastare così poco, almeno una cosa si era risolta nello spazio di quella giornata infernale.

Mentre ero in auto, seduta, finalmente al caldo, mi ha preso un'incomprensibile agitazione. Continuavo a chiedere ossessivamente a mia madre cosa le aveva detto il tecnico: «Sei sicura che ha detto che è tutto pulito?».

Stavo diventando un po' aggressiva, come se lei avesse sentito o inteso male. Bea è stata in silenzio per tutto il tempo, poi prima che la situazione potesse prendere una piega eccessivamente drammatica, ha detto: «Se chi ti fa la risonanza non è sicuro non dice niente».

Ci ho pensato, se un tecnico avesse avuto anche solo mezzo dubbio o l'ombra di un dubbio, non avrebbe mai detto quelle parole, dal momento che nessuno di noi gliele aveva chieste e che ogni esame di solito viene poi refertato dal medico con un esito scritto.

Bea mi aveva convinto, mi sono tranquillizzata, forse il mio era solo uno stato di alterazione dovuto alla pessima giornata, alla stanchezza, alla fame. E forse un po' anche alla paura.

Il giorno seguente mi ha chiamato un agente della polizia di Milano, quello con cui ho contatti per lavoro: «Nadia, ho qui la foto di una che ti somiglia».

All'inizio non capivo.

«Hanno trovato un portafogli nel corridoio di un ospedale, vicino alle macchinette del caffè. Ho visto che sui documenti c'era il tuo stesso indirizzo di residenza, poi ho guardato bene, tu e tua madre siete uguali.»

C'era dentro tutto, i documenti e anche i contanti.

Alla fine, a dispetto delle mie fastidiose sensazioni, le cose si erano risolte.

30
Le parole per dirlo

Il giorno seguente avevo di nuovo appuntamento in ospedale per una visita. Dovevo fare un esame per scalare la dose di un farmaco che stavo prendendo. Alla fine dell'esame mi hanno detto che la dottoressa mi voleva vedere, ho immaginato mi volesse dare indicazioni sul nuovo dosaggio. Quando sono entrata nello studio, stava scrivendo: «Si sieda, sono subito da lei».

Mi sono guardata intorno, le stanze per le visite sono tutte uguali, spoglie, spesso disordinate. Quel senso di trascuratezza mi ha infastidito, ho desiderato essere a casa mia, sul divano, sotto le coperte.

«Allora, direi che va tutto bene, possiamo passare a un dosaggio ridotto.»

Mi parlava senza guardarmi in faccia e il tono della voce, tutto il suo corpo mi stavano dicendo l'opposto delle sue parole.

«C'è qualcosa che non va?»

«No, niente, è tutto a posto» continuava a ripetere, ma di nuovo le parole non corrispondevano alla sua espressione. Più cercava di tranquillizzarmi, più mi agitavo.

«Qualcosa non sta andando per il verso giusto» ho detto, e l'ho guardata.

Ha esitato un momento e poi ha preso la cornetta del telefono: «Chiamo il suo oncologo». La chiamata è stata breve: «Sono qui con Nadia Toffa che è venuta a fare il test». E poi tre "ah" di seguito, uno in fila all'altro. A quel punto ero già sottosopra. «Allora te la passo» ha detto e mi ha allungato l'apparecchio.

Il dottore è andato subito al punto: «È arrivato il risultato della risonanza. C'è una recidiva».

Ho perso completamente il senso del tempo e dello spazio, annaspavo nel buio e non riuscivo ad aggrapparmi da nessuna parte.

«Se vuole passare dal chirurgo, oggi è qui. Sa dov'è? Si ricorda?»

No, non mi ricordavo, ero sconvolta, non sapevo nemmeno dove fossi io. Se me lo fossi trovato davanti gli sarei saltata al collo.

Mi sono fatta dare il referto dalla dottoressa, l'ho infilato in borsa e sono uscita. Appena fuori, mi sono appoggiata al muro, non riuscivo nemmeno a piangere da quanto ero scioccata, avevo il referto che scottava nella borsa e nessuno lì vicino che potesse tenermi la mano, farmi una carezza o anche solo aiutarmi a trovare la strada per andare dal chirurgo.

Credo che la professione medica sia una delle più difficili in assoluto, ma credo anche che alcuni dottori si dimentichino troppo spesso che hanno a che fare con delle persone fragili, spaventate, ferme in piedi sul crinale della montagna a guardare lo strapiombo. E se non se lo ricordano, tutto il resto vale poco, purtroppo.

Il chirurgo mi ha fatto vedere l'immagine. Lo conoscevo, sapevo che era un uomo freddo e asciutto con i pazienti: «La recidiva si è presentata molto prima rispetto alla media. Bisogna rioperare subito».

«Si può, così a ridosso del primo intervento?»

«Siccome lei è giovane, ha reagito bene e questa bestia è molto aggressiva, io lo farei il prima possibile.»

Gli ho raccontato che avevo dovuto interrompere la chemio perché i globuli bianchi erano troppo bassi.

«Non mi dà una bella notizia. Ha gli esami con sé?»

Glieli ho mostrati sul telefono. Gli è bastato uno sguardo per dire: «Così non posso operare, devono risalire del tutto, altrimenti il rischio in sala operatoria è troppo alto».

E poi ha cominciato a prospettarmi delle possibilità così brutte che la mia mente si è rifiutata di capirle, non riuscirei a ripeterle nemmeno ora. Doveva essersi accorto che non ero più in me, perché si è seduto e con calma mi ha mostrato di nuovo l'immagine della risonanza, mi ha fatto vedere com'era il tumore, dov'era posizionato, poi mi ha spiegato con parole semplici e precise: «Vede, io posso operare fino a qui. Se lui cresce ancora o si sposta in un'altra direzione, non è più operabile».

Sapevo che la speranza per il mio tipo di tumore è unicamente chirurgica, perché chemio e radio servono a ridurlo, a contenerlo, ma non sono risolutive.

Ero lì da sola, prima la telefonata, poi l'esito della risonanza e ora questo discorso. Ogni situazione precipitava nella seguente, sempre più buia, sempre più angosciante. Non c'era più nessuna parola e nessun pensiero che riuscissero a tirarmi fuori dalla paralisi della paura. Galleggiavo nell'ignoto minaccioso.

Non mi restava nient'altro che piangere e l'ho fatto. Il chirurgo non mi ha confortato in nessun modo, la sua verità era fredda e affilata come la lama del bisturi.

31

Vivere a metà

Nei giorni successivi ho capito che bisognava mi concentrassi sui globuli bianchi, dovevano risalire a ogni costo.

Ogni venerdì facevo gli esami e li spedivo al chirurgo, per vedere se poteva ricoverarmi il lunedì. Ero nel pieno del picco discendente del post chemio, la curva di solito raggiunge il suo punto più basso tre settimane dopo la fine della terapia e io c'ero proprio dentro. Dovevo stare attenta a tutto, ai posti in cui andavo, al fatto che fossero affollati, all'igiene delle cose che mettevo in bocca. Dappertutto si potevano annidare dei batteri che un fisico sano avrebbe combattuto senza fatica, mentre per me erano un pericolo.

Ho chiamato un sacco di specialisti per capire come far salire i globuli bianchi, ho mangiato di tutto e il contrario di tutto, anche un fungo cinese rarissimo che dicono allunghi la vita. Avrei dovuto essere spossata, ma non mi sentivo affatto stanca, in ogni caso lavoravo poco, non andavo in giro e me ne stavo tranquilla a casa. I globuli però non accennavano ad aumentare ed era diventata un'ossessione, dovevo operarmi il prima possibile perché c'era il rischio che il tumore crescesse ancora, ma finché le analisi non fossero state perfette non si poteva fare niente.

Erano passate due lunghissime, infinite settimane.

Un giorno, mentre ero alla guida, mi sono sentita malissimo, un senso di oppressione dal petto alla testa, vampate di calore, come un fuoco, formicolio alle braccia, salivazione azzerata. Subito ho pensato al peggio, il tumore era avanzato e ormai non c'era più niente da fare. Poi ho accostato e ho chiamato il medico.

«Stia calma, mi dica che cosa ha fatto questa mattina, per filo e per segno.»

Gli ho elencato tutte le medicine che avevo preso, una per una e in quale quantità. Secondo lui c'era stato un sovradosaggio, per cui era in corso una reazione farmacologica.

«Resti lì, chiami qualcuno e si faccia portare a casa. Poi beva tanta acqua e aspetti. Dovrebbe passarle tutto.»

Così ho fatto e così è stato. In quel momento ho capito che dovevo fermarmi, l'angoscia in cui ero piombata non mi sarebbe stata di nessun aiuto. Ero entrata in un vortice, avevo fretta di farmi operare e il corpo rispondeva con lentezza, ero frustrata, stressata, cupa.

Mancava poco a Pasqua, avevo preso un biglietto per Miami molto prima di sapere in che girandola sarei finita. Avevo deciso di non andare, mi sembrava azzardato, anche un po' incosciente, e se mi fosse successo qualcosa mentre ero lontana?

Dopo il malore in auto mi sono detta: "Sai cos'è? Magari mi fa bene" e dal pensare: "Miami salta" sono passata a fare la lista di cosa mettere in valigia.

Naturalmente ho chiesto prima ai medici e il chirurgo, con il suo aplomb, mi ha risposto: «Buon viaggio, si riposi».

A quel punto non avevo più nessun motivo per restare a casa.

Ho preso il sole, ho mangiato tanto, ho fatto dei gran pisolini, mi sono riposata e ho cercato di stare bene. Alla luce del sole della Florida anche la mia malattia sembrava avere un altro peso specifico, mi era tornata la speranza che le cose dopo tutto potessero mettersi bene e la leggerezza per godere della bellezza di ogni risveglio.

Quando sono tornata, le analisi erano perfette.

Erano passati ventuno giorni.

Ho ripensato spesso a quei ventuno giorni sospesi in una dimensione alterata. A lungo mi sono chiesta quale fosse stata la reale difficoltà a cui mi avevano posto di fronte. Alla fine ho capito.

La mia spericolatezza di bambina, il senso di avere un superpotere, mescolato a un'incrollabile determinazione, da adulta si è trasformata nella convinzione di poter arrivare ovunque. Quando con la determinazione ottieni sempre tutto, diventi molto forte, ma paghi un prezzo: non sei preparato all'accettazione di un limite, perché non fa parte del tuo vocabolario. E prima o poi, ognuno di noi è costretto a farlo. Mi impegnavo in ogni modo perché i globuli bianchi crescessero, ma nessuno dei miei sforzi veniva ripagato. Non avevo controllo su nulla.

Ho sempre pensato che la vita fosse disporre sul tavolo nel miglior modo possibile le carte che il destino ti ha dato. Invece all'improvviso ne arriva una che spariglia le altre e la vita è proprio come ci si gioca quell'ultima carta.

La malattia è qualcosa che spariglia tutto in modo totale, ti dice: "Tutto quello che hai pensato, organizzato, progettato lascialo da parte, perché adesso ci sono io". E nel farlo ti costringe a mettere da parte anche il modo in cui hai sempre agito, ragionato.

Per una vita ho pensato di poter bastare a me stessa: "Faccio io, faccio tutto, non ho bisogno di niente". E invece l'autonomia è un'illusione, dipendiamo sempre da qualcuno, necessariamente.

Affidarsi è doloroso, hai terrore, hai paura di perdere e di essere tradito, ma alla fine trovi le risorse sempre, anche nella perdita.

E poi l'alternativa qual è? Vivere a metà.

32

Non ascolterò mai più i Dire Straits

Mi sono ritrovata punto e a capo in ospedale.

Prima dell'intervento mi hanno fatto una risonanza di controllo, erano passati venti giorni e la mia situazione poteva essere mutata, in peggio. Invece le cose erano come prima. Il chirurgo era molto contento dell'esito dell'esame e vederlo così mi ha rasserenato. La mattina prima dell'intervento è passato a farmi un saluto: «Toffa, lancia in resta».

«Certo! Sempre.» E gli ho sorriso.

«È tranquilla?»

«Tranquillissima. Non vedo l'ora di essere rioperata e che sia lei a farlo.»

Era la verità, l'attesa degli ultimi venti giorni mi aveva sfiancato e avevo una fiducia smisurata in quell'uomo.

Dell'intervento precedente non ricordo quasi niente, ero piena di farmaci e sapevo a malapena dov'ero stata, chi c'era intorno a me e che cosa mi avevano fatto. Di questa seconda volta ricordo tutto.

La mattina sono venuti a prendermi e mi hanno dato del valium, un preanestetico, anche se ero davvero serena e non ne avevo bisogno. Ho chiesto una coperta prima di scendere in sala e me l'hanno data, poi una volta sul lettino operatorio mi hanno posizionato in fondo ai piedi un bocchettone di aria calda, ed è stata una sensazione piacevolissima.

Ho visto la sala, i dottori, l'anestesista e poi niente. Non ho sentito un progressivo torpore, mi sono spenta da un momento all'altro.

Dopo l'intervento mi hanno portato in rianimazione, dove ho passato la notte. E anche qui ricordo tutto.

Qualcuno continuava a chiamare il nome di Jenny. Appena mi appisolavo, sentivo qualcuno che urlava: «Jenny! Jenny!».

Jenny non rispondeva mai e io continuavo a chiedere: «Perché chiamate Jenny e non chiamate me?».

Nessuno mi sentiva, perché il dottore responsabile aveva messo a manetta i Dire Straits, per tutta la notte lo stesso disco. Dovevo urlare per farmi sentire, perché la musica era a canna. Alla fine è arrivato un infermiere e mi ha detto: «Non chiamiamo il tuo nome perché tu rispondi».

E mi ha lasciato di nuovo sola nel letto. La luce era sempre accesa per tenerci svegli e ogni tanto arrivava qualcuno che mi faceva delle domande e delle prove per controllare se era tutto a posto. Ero intubata, avevo flebo nelle arterie, il catetere ed ero nuda sotto il lenzuolo. Non sono riuscita a dormire nemmeno un minuto.

Più passava il tempo più il dolore aumentava, avevo male, tanto male, una sensazione di essere stata rimaneggiata dall'interno. Sentivo il braccio bagnato e ho cominciato a pensare che l'antidolorifico non mi entrasse in vena, cercavo il pulsante per chiamare, ma non lo trovavo e ho urlato di nuovo per farmi sentire.

Si è avvicinato l'infermiere di prima.

«Sento il braccio bagnato, puoi controllare?»

«Non vedo niente, sei asciutta.»

«Guarda meglio, sento bagnato e in più ho un male cane.»

Insomma alla fine non so chi avesse ragione però quello mi ha sfilato la flebo e ne ha inserita una nuova sempre nell'arteria, un altro buco. Quando ti operano la flebo va dritta nell'arteria, è molto più doloroso che in vena. Prima che se ne andasse l'ho fermato:

«Toglietemi il tubo.»

Non ce la facevo più a sopportare quelle torture tutte insieme e lo sfilamento del tubo mi sembrava la cosa più praticabile da chiedere. In più mi dava un fastidio continuo, come se avessi in gola qualcosa di enorme che non riuscivo a mandare giù.

«Non posso, perché altrimenti vomiti.»

«Sono sicura che non vomito, fidati!»

«Non posso togliertelo.»

«Chiamami il medico. Mi conosco, se ti dico che non vomito è perché è così.»

Il tira e molla è durato almeno cinque minuti e alla fine sono riuscita a convincerlo, anche perché ha visto che tutta l'anestesia era fuoriuscita nella sacca a cui il tubo era collegato.

Avere la gola libera mi ha dato sollievo e ho tirato mattina.

Quando pensavo che quella notte infernale fosse finita, si è avvicinato al letto un altro infermiere, diverso da quello di prima: «Ti dobbiamo lavare».

«Sono stata qui dentro tutta la notte, di cosa sono sporca?»

Quando ti operano ti disinfettano dappertutto, dalla sala operatoria ero passata direttamente alla rianimazione, non potevo essermi sporcata in nessun modo.

«È la prassi. Prima di andare su in reparto devi essere lavata.»

Mi sono arresa, ho pensato: "Fate quello che volete, ma fatelo in fretta".

Erano in due, mi hanno sollevato e poggiato su un telo cerato. Avevo ancora attaccato tutto e quando mi hanno spostato ho sentito i tubi e tubicini che premevano dentro il mio corpo.

«Ho freddo» ho detto.

«Facciamo con l'acqua calda.»

Era l'aria a raffreddarmi, non l'acqua.

Hanno cominciato a lavarmi da capo a piedi. Ero bagnata, nuda, tra le loro mani, una sensazione terribile, un'intimità forzata che si avvicina molto a una violenza.

«Vuoi lavarti tu lì sotto?»

Avrei voluto scoppiare a piangere, ma era tutto così surreale che ho risposto secca: «Ma come faccio? Non vedo niente. Fai tu».

E mentre facevano, spostavano il catetere di qui e di là e sentivo il tubo muoversi fin dentro la pancia.

Poi, alla fine mi hanno messo addosso un lenzuolo gelido.

«Avevo una coperta, non potete usare quella?»

«Qui non c'è nessuna coperta.»

Me l'ero fatta dare apposta prima di scendere in sala operatoria, sapevo che mi sarebbe servita e ora non la trovavano più. Non ho insistito, perché dopo aver finito mi hanno detto che ero pronta per salire in reparto e la cosa mi ha consolato sopra tutto. Era la prospettiva di chiudere con quell'incubo e di passare allo stadio successivo, in cui almeno non sarei stata sola.

Non so dire quanto ho aspettato, avrebbero potuto essere due ore o tre, un tempo infinito in cui sono riuscita a sentire tutto il freddo del mondo.

Quando sono arrivati gli infermieri per portarmi di sopra, ho chiesto subito: «Sto tremando, non potete darmi una coperta?».

Anche lì mi hanno detto che non ce l'avevano e sono rimasta sotto il lenzuolo gelido a battere i denti.

Abbiamo attraversato diversi corridoi, in un tragitto che non sarei mai più stata in grado di ripercorrere a ritroso, finché si è aperta una porta e ho visto gli occhi di mia madre.

Era finito. Ero sopravvissuta.

Nel silenzio e nella luce tenue della stanza sono riuscita finalmente a chiudere gli occhi, desideravo dormire più di ogni altra cosa. Appena prima di perdere coscienza mi è tornata alla mente una storiella. Non ricordavo chi me l'avesse raccontata né in quale occasione, era come se l'avessi sempre saputa, come se fosse mia.

Due rane erano cadute in un recipiente pieno di panna, il liquido era denso e pesante e subito avevano capito che erano destinate ad affogare. Una delle due ha abbandonato ogni tentativo di resistere, cercare di restare a galla era troppo faticoso e ha preferito lasciarsi andare a quello che la attendeva, senza prolungare l'agonia con inutili sforzi. In una manciata di secondi è stata inghiottita dal liquido bianco e pastoso.

L'altra non si è arresa, ha deciso che avrebbe lottato fino all'ultimo respiro. Ha scalciato e sguazzato per ore e ore senza avanzare di un centimetro, ma non ha mollato, non voleva morire un secondo prima che fosse arrivata la sua ora.

All'improvviso ha sentito che sotto le sue zampe qualcosa era cambiato, la sostanza da vischiosa si era fatta solida e ora la rana poteva saltare e raggiungere il bordo del recipiente. Si era salvata con la forza dei suoi muscoli e del suo spirito.

Ora non le restava altro che tornare a casa, gracidando felice lungo il tragitto.

Ho sorriso, poi mi sono abbandonata a un sonno profondo sotto gli occhi vigili di mia madre.

33

Tornare a casa

Mi hanno operato subito dopo Pasqua, di martedì. Mercoledì mattina mi hanno portato in stanza. Dopo poche ore avevo fame, di solito dopo un intervento non ti danno da mangiare né da bere. Magari, se hai voglia, puoi avere un piccolo pezzo di pane e invece mi hanno permesso di mangiare un intero panino integrale. Giovedì già mi alzavo dal letto, i medici erano stupiti dalla mia capacità di recupero. Volevo rimettermi a tutti i costi a tempo di record e ho concentrato ogni energia che avevo nel tentativo di farlo.

Il chirurgo era molto soddisfatto, ha detto che l'operazione era andata meglio di quello che si aspettava, era riuscito a fare di più di quanto aveva preventivato. Aveva scavato più a fondo e aveva tolto di più, per prevenire un'eventuale recidiva. La mia bestia era strana, e imprevedibile, nessun mezzo per contrastarla sarebbe stato troppo potente.

Le cose si erano messe così bene che volevano dimettermi sabato, ma ho preferito rimanere due giorni in più, perché in ospedale si sarebbero occupati di tutto, somministrazione dei farmaci, cibo, cure. Soprattutto per quanto riguardava i farmaci la situazione era impegnativa, ne dovevo prendere molti e in diversi orari della giornata. Preferivo prenderci un po' la mano, prima di tornare a casa.

Lunedì sera dormivo nel mio letto e la domenica successiva ero in studio a condurre la diretta. Ero forte del fatto che sia i colleghi sia il pubblico non sapevano del secondo intervento, avevo deciso di motivare la mia assenza con il fatto che ero in terapia. Solo Davide e Max ne erano al corrente e questo mi faceva sentire al sicuro. Espormi la prima volta era stato faticoso, l'avevo fatto sulla scorta di un entusiasmo forse precoce, ma ci tenevo a dare conforto e coraggio a chi si trovava o si era trovato nella mia situazione. Avevo pensato che il mio piccolo discorso potesse essere di aiuto ai pazienti e ai loro parenti, a chi li accudiva e stava loro vicino. Quando avevo chiesto di non trattarci da malati, volevo che tutti capissero che ci scorre ancora linfa nel corpo, che siamo vivi e stiamo in piedi nonostante la durezza delle cure e i pensieri che ci girano intorno, e che una diagnosi di cancro non è una sentenza di morte.

Questa volta invece avevo bisogno di proteggermi, anche psicologicamente, perché la situazione era cambiata rispetto a febbraio e mi ci voleva tutta la forza e lucidità che avevo per rispondere a quello che mi stava succedendo dentro. Anche la quantità di farmaci che prendevo mi metteva alla prova, e non solo da un punto di vista fisico.

"Le Iene" è casa mia, quella sera è stato come tornare a fare qualcosa che mi riesce bene, come tornare ad andare in bicicletta. Gli applausi mi entravano proprio dentro, nel petto, il pubblico dal vivo è una presenza molto forte e lo sentivo più del solito, avevo mille antenne emotive, tutto era amplificato.

Ero anche un po' ovattata, rintronata dalle medicine.

I medici mi avevano detto che sarebbe stato meglio non tornare al lavoro, che avrei dovuto prendere del tempo per riposarmi e lasciare al corpo la possibilità di recuperare. Mi ero convinta a non dargli retta solo quando il chirurgo mi aveva detto: "Lei è una roccia e ha una grande capacità di recupero, se se la sente lo faccia e basta. Poi lei è matta, quindi vada".

Da lui avevo avuto la certezza che non c'erano rischi concreti, ed essere presente la domenica sera mi dava la sensazione di andare avanti, che era ciò di cui più avevo bisogno.

Certe cose dipendono da quanta forza mentale hai a disposizione e in quei giorni mi sentivo una sopravvissuta, pensavo che niente mi potesse fermare. Ero curiosa di sperimentare la sensazione di stare di fronte al pubblico con il mio segreto. A certe situazioni ci si abitua, ci si abitua anche alla diretta e farla in condizioni così estreme mi ha regalato delle emozioni inaspettate.

Durante la puntata nessuno si è accorto di niente, è filata via liscia.

Oggi non mi sento totalmente me stessa, non so se è un passaggio o se nel tempo a venire sarà ancora così. Non ho mai un pensiero chiaro che mi torna alla mente e che mi dice in continuazione che ho un cancro, ho la consapevolezza di averlo e meccanismi mentali che mi frullano in testa e che fanno i conti con la nuova realtà, però continuo a fare la mia vita.

Ci sono momenti in cui penso che forse la spensieratezza di prima non tornerà più, ma è più un'idea che mi viene quando mi soffermo a riflettere, perché poi se sono immersa nelle cose, vivo ogni istante per quello che è, senza strascichi. Ieri sera sono uscita con delle amiche ed ero a cuor leggero, ho detto cose stupide, ne ho riso, abbiamo parlato anche dell'ultimo modello di scarpe e come prima non mi ha interessato nemmeno un po'.

Eppure se mi fermo e osservo, è come se ci fosse una nuvola tra me e il mondo, vedo le cose più distanti.

Non significa prendere la vita o il lavoro sotto gamba, quello mai, continuo a dare il cento per cento, mi diverto, godo appieno. Ma posso osservare ogni cosa a distanza, come se avessi spiccato il volo. Non è cambiato il modo con cui sto dentro la realtà, è cambiato il modo in cui la guardo. Ora la posso vedere anche dall'alto, io divento più grande, mi espando e le cose si fanno piccole. L'unità di misura è cambiata ed è tutto meno incandescente, non meno importante, solo ridimensionato.

La realtà, dall'alto, appare come un grande, lieve gioco.

Quando vai alla radice e poi torni alla periferia, non potrai più confonderla con il centro. Sai qual è l'origine di ogni cosa e la sua relazione con il tutto, quindi i pesi si riequilibrano. Poi nel tempo la routine attenua la sensazione iniziale di distacco ma la consapevolezza acquisita non si cancella. Ora so che questa realtà è periferia, mentre prima pensavo che fosse la mia vita. È una rivoluzione copernicana.

È come accendere la luce in una stanza e vedere che è sporca, puoi spegnere la luce ma sai che la polvere c'è.

Non significa che non m'importa più di niente, anzi è come se fossi più libera di essere dentro le cose perché ne dipendo meno, le vivo con leggerezza, le posso prendere in mano e giocarci, senza ansia o paure.

Quando ho scoperto di avere il cancro, mi sono arrabbiata e mi sono chiesta mille volte: "Perché a me?". È un evento tosto, che implica uno stravolgimento della quotidianità, del proprio cuore, della mente.

Poi ho riflettuto e alla fine ho pensato che la vita ti mette sempre di fronte a cose che sei in grado di affrontare, altrimenti sarebbe davvero infame. È una specie di giustizia terrena, ti possono succedere cose orrende, spaventose, ma trovi da qualche parte gli strumenti per prenderle in mano e venirne a capo. Ho scoperto che i bambini malati di tumore sono fortissimi, attingono a risorse impensabili.

La malattia è qualcosa che ti vedi addosso. Attraverso il corpo mi ha riportato vicino a un sentire profondo, alla realtà degli affetti più puri. Mi sono fermata e intorno a me c'era tutto l'amore di chi mi è stato accanto e lo è tuttora, tutto l'amore del mondo diffuso nell'aria, ovunque. Il cancro è stato un ponte tra me e le emozioni più intense, selvagge, sottili, quelle che ho tenuto sempre a freno, imbrigliate dal desiderio di controllare, dirigere, pianificare. Dalla paura.

Oggi cerco solo la serenità, sono contenta quando la mattina apro gli occhi e mi sveglio, ho molto amore per la vita, mi godo ogni singolo momento, trovo speciale anche una breve camminata nella prima aria tiepida della stagione, quando lasci la macchina lontano dal ristorante e ci vai a piedi.

La sera, prima di addormentarmi, non penso alla malattia, non ci penso proprio, cerco di avere pensieri felici, legati alle persone che amo, ricordi di luce.

34

Una ragazza magica

Uno degli ultimi servizi che ho girato è stato con Jovanotti, un'incursione al suo concerto a Casalecchio di Reno, in un palazzetto stipato con quindicimila persone. Ci siamo conosciuti prima che iniziasse a suonare e, dopo aver concordato a grandi linee cosa avremmo fatto, abbiamo parlato moltissimo. Mi ricordo di avergli detto che tutte le cose veramente belle di questo mondo ti spettinano: viaggiare, volare, correre, tuffarsi in mare, fare l'amore, ridere a crepapelle. Perciò, se non si vuole perdere la bellezza, bisogna lasciare che la vita ci spettini. Lui mi ha guardato, ha sorriso e mi ha messo una mano su una spalla. Non sapeva che ero stata operata da dieci giorni, non gliel'ho detto, come avevo fatto con tutti quanti, eppure mi ha dimostrato un calore speciale, come se avesse intuito in me la fragilità della vita.

Sul palco mi sentivo uno scricciolo, con i flash delle luci negli occhi e tutte quelle persone intorno, Jovanotti è venuto verso di me e mi ha sollevato, mi ha preso in braccio. Non me l'aspettavo e a dispetto di tutte le cose toste che mi erano successe e dello stato annebbiato in cui mi trovavo, mi sono abbandonata all'abbraccio di quel gigante e alla sua presa solida, sapevo che questa volta non sarei stata mollata. Ho sentito un'enorme fiducia nel mondo, tutta quella di cui ero in credito da una vita. Non sarebbe stata una strada facile la mia, ma c'era una mano che mi sosteneva e alla fine ogni cosa sarebbe stata così come doveva essere, perfetta.

Quando mi ha posato a terra con delicatezza, si è messo di fronte a me e mi ha cantato le sue parole più dolci: «La Nadia Toffa è magica, lancia in aria il mondo e lo riprende al volo... Bella come una mattina d'acqua cristallina, come una finestra che m'illumina il cuscino, calda come il pane, ombra sotto il pino, mentre ti allontani stai con me forever... Nadia Toffa I love you».

Mi sono guardata intorno, ho visto una miriade di facce, di mani che toccavano l'aria, voci che cantavano e poi gli occhi luminosi di Jovanotti che mi accarezzavano. Ho sentito un gran caldo dappertutto e il cuore che correva come un pazzo, esplodevo dalla gioia. Era felicità, la più cristallina.

La notte, mentre tornavamo a Milano e cercavo di riposare sdraiata sul sedile posteriore dell'auto, pensavo a cosa avrei fatto se mi avessero detto che mi restava poco da vivere.

Non farei il giro del mondo né mi lancerei col paracadute, non c'è niente che mi sono lasciata dietro. Penso che abbandonerei le cure. Non ho così tanto attaccamento, non ho paura d'andar via, non devo rincorrere niente. Seguirei il mio corso, andrei al mare, godrei con gli occhi.

Vorrei stare in un posto caldo, amo il caldo.

Con Bea ci siamo ripromesse che quando saremo in pensione prenderemo una finca a Ibiza e ci andremo a vivere insieme. Io avrò un caschetto bianco naturale e lei sarà sempre tinta, perché con i capelli grigi non riesce proprio a vedersi. Solo allora, da vecchie, nella campagna ibizenca alla luce di un tramonto infuocato, con in mano un bicchiere di vino, ci racconteremo tutti i segreti che non ci siamo mai potute dire in questa vita. Rideremo forte, ci commuoveremo di tanta bellezza e ci accenderemo una sigaretta in due.

Mondadori Libri S.p.A.

Questo volume è stato stampato
presso ELCOGRAF S.p.A.
Stabilimento - Cles (TN)

Stampato in Italia - Printed in Italy